떠어오르기 좋은 여름에!

윤모든

세 개의 푸른 돌

은모든 장편소설

세 개의
푸른 돌

안온

유년을 빼앗긴 사람들에게

차례

1부 _9

2부 _43

3부 _143

4부 _225

작가의 말 _279

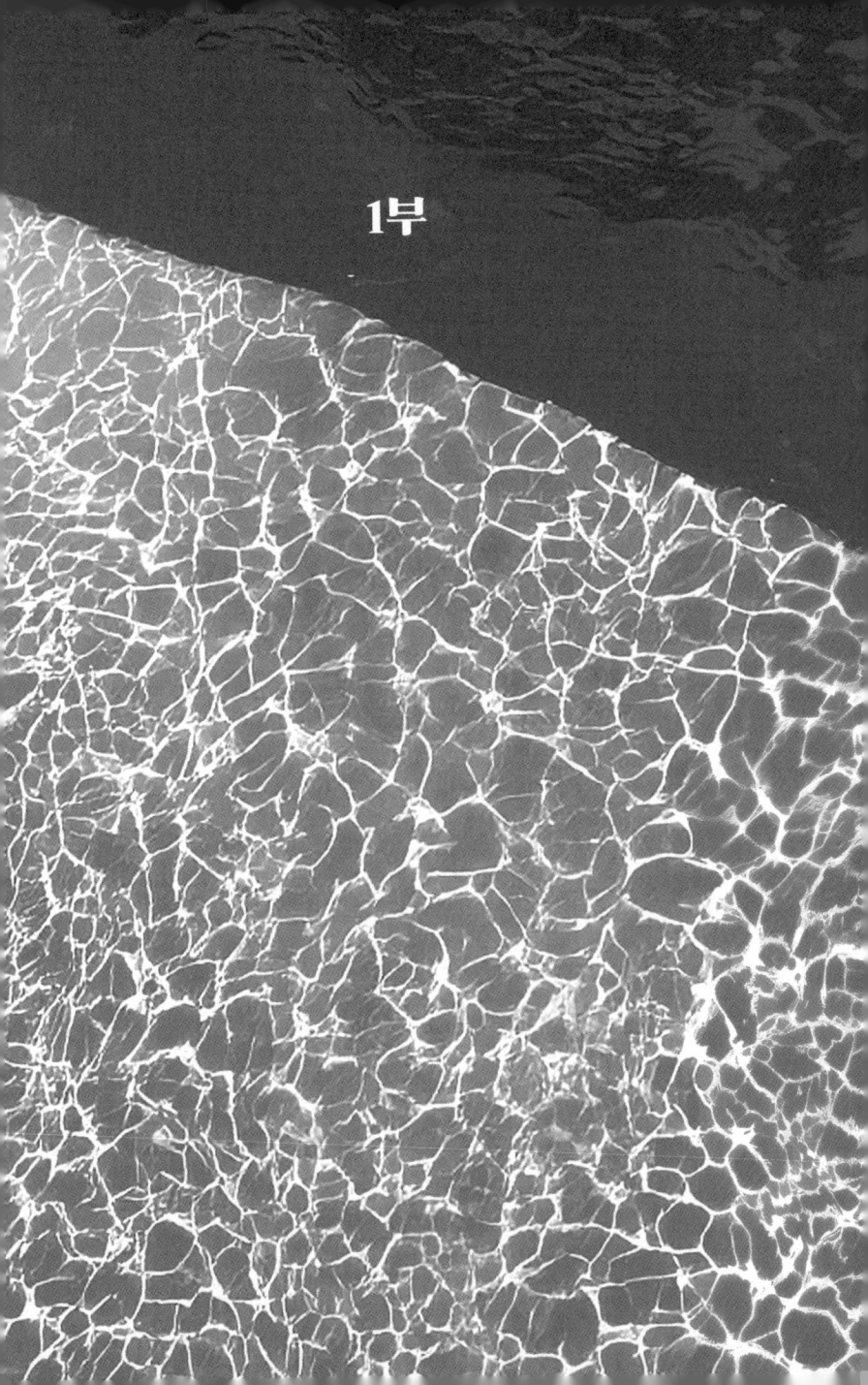

1부

루미

"그러니까 너희 아빠는 자기 편해지려고 너를 팔아먹겠다는 거네?"

점심시간이 끝나가던 무렵 시끌시끌하던 교실은 현이 루미를 향해 던진 한마디에 그대로 얼어붙었다. 창가에 걸터앉아 있던 아이가 흥얼거리던 노래도, 칠판 앞에 모여 선 아이들의 웃음도 멈춘 그때, 겨우 말문을 연 것은 현의 짝꿍인 반희였다.

"아니, 너는 무슨 말을 그렇게까지……."

"팔아먹고도 남겠는데 왜." 현이 잘라 말했다. "루미, 너도 그런 생각이 드니까 반희한테 어떻게 생각하느냐고 물어본 거 아니야?"

대꾸할 말을 찾지 못한 루미의 얼굴에 맥없는 미소가

비치자 현은 뭐가 웃기냐고 따져 물으며 코웃음을 쳤다. 그 창백한 얼굴을 응시하며 루미는 지난달에 전학 온 현에게 붙은 별명을 떠올렸다. 반 아이들은 평생 볕이 들지 않는 실내에서만 산 사람처럼 말간 피부의 현을 두고 밀가루 같다고 수군거렸는데, 며칠 지나지 않아 밀가루 뒤에 좀비라는 말이 추가됐다. 눈에 띄는 외모나 과거의 이력 이상으로 종일 엎드려 있다시피 하는 학교생활 자체가 눈길을 끌었던 것이다.

현은 굳이 깨우지 않는 교사일 때는 수업 시간조차 줄곧 이어폰을 낀 채 책상 위에 엎드려 있었다. 대체로 점심시간에도 내내 그 상태였으므로 루미는 현이 누구에게도 관심이 없고 아무와도 말을 섞고 싶지 않은 모양이라고 여겼다. 그런 기분이라면 잘 알았으므로 유난스럽게 여기지는 않았다. 오히려 루미를 놀라게 한 것은 조금 전까지만 해도 어김없이 꼼짝 않고 엎드려 있었던 현이 자신과 반희의 대화를 듣고 있었다는 점이었다.

지금껏 단 한마디도 나눠본 적 없건만 대뜸 다른 아이들처럼 자신을 루미라고 부른 일도 뜻밖이었다. 대꾸할 말이 떠오르지 않는 데다 온 반 아이들의 주목을 받는 일이 당황스러워서 명치가 조이는 듯한 느낌이 든다 싶었을 때, 누군가의 입에서 갑자기 왜 저러느냐는 말이 나왔다. 현을 향한 것이었다. 야, 밀가루, 그만해. 루미 괴롭히지 마. 현을 말리는 말이 이어진다 싶더니 이윽고 반희가 휴지를 내밀었다. 루미는 그제야 자기 눈에 눈물이 고여 있음을 깨달았다.

"나 괜찮아. 정말이야. 진짜 괜찮아."

루미는 또다시 얼빠진 웃음을 지으며 양손을 내저었다. 때마침 5교시의 시작을 알리는 종이 울려 안도의 한숨을 내쉬며 자기 자리로 돌아왔지만 평소처럼 수업에 집중할 수는 없었다. 칠판을 보아도, 교과서를 보아도 그 위에는 교문 맞은편에 비스듬히 걸렸던 그 현수막이 펄럭거렸기 때문이었다.

용모가 단정하고 품행이 바른 여중생을 찾습니다.
후사가 없는 명문가의 자제로 교육하고 본가가 처한 말 못 할 곤란도 해소해드립니다.

문의처라며 당당히 휴대전화 번호까지 적혀 있던 현수막은 지난주 월요일 등굣길에 등장하여 학교 전체를 술렁이게 했다. 몇 시간 만에 철거되었는지 집에 돌아갈 때는 없어졌다가 귀퉁이가 찢긴 채 이튿날 아침 다시 등장하기를 몇 차례 반복하더니 영영 사라진 그 현수막. 가까이 스쳐 지나갈 때는 께름칙했지만 돌아서면 그만이었으므로 루미는 별다른 관심을 두지 않았다. 설마 그런 현수막을 보고 진짜 전화를 걸어보는 사람이 있을 줄은, 심지어 그게 자신의 아빠일 줄은 조금도 예상치 못했다.

어젯밤에 아빠는 잠자리에 들려던 루미를 거실로 불러내서는 말했다. 현수막을 단 사람과 대화를 해봤는데, 소규모의 무역회사를 경영하고 있는 노부부로 두 사람 모두 어투가 어찌나 진중하고 교양이 넘치는지 신뢰가 가더라고.

"있잖아, 왜. 장인 정신을 가지고 만들어서 작품에 가까운 특산품. 푸름이 너도 들어봤지? 주로 그런 걸 수출하는 덴데 한류 영향으로 수요가 확 늘었단다. 아주 여러 나라에서 주문이 쏟아지는 모양이야. 그래서 장기적으로 회사를 키워서 물려줄 만한 아이를 찾고 있대."

"전 세계에서 찾는 그런 특산품이라는 게 뭔데요?" 루미는 한숨을 삼키며 물었다.

"일단은 통화만 한 거니까……. 전화로 거기까지야 안 알려주겠지."

"아빠, 그 현수막은 어떻게 봤어요? 우리 학교 앞에 오셨었어요?"

아빠는 고개를 젓더니 인터넷 지역 카페에 올라온 게시물을 보았다고 했다. 본가의 말 못 할 곤란을 해소해 주겠다는 말의 의미를 묻는 댓글에는 큰 결정을 내려준 본가에 남겨진 가족의 채무 청산이나 의료비 지원 등을 적극적으로 고려할 셈이라는 대댓글이 달려 있었다. 그들은 무엇보다 양자로 들인 아이의 학업과 어학 발전을 위해 유학 자금을 아낌없이 지원하겠다는 계획도 밝혀 두었다. 무엇보다 그 점이 아빠의 주의를 끌었다.

"일전에 담임 선생님한테 전화가 왔는데, 네가 하고 싶은 일은 장차 공부도 많이 하고 유학도 가야 제대로 뜻을 펼친다더라. 그야 아직은 중학생이니 당장 닥친 일은 아니라지만, 집 사정이 네 발목을 잡게 둘 수는 없는 거 아니냐. 그렇다고 고작 이 집 하나 가진 걸 팔기도 막막하고 해서……."

말끝을 흐리는 아빠의 말을 들으며 루미는 안도감부터 느꼈다. 일곱 살 때 엄마가 돌아가신 후부터 조금씩 집을 줄여가면서 2, 3년마다 이사를 해왔으므로 슬슬 또 이사를 해야 할 수도 있다고, 아마 그럴 즈음이 됐으리라 마음의 준비를 하고 있던 차였기 때문이다. 집을 팔기에도 막막하다는 말을 보건대 다행히 이 집은 사서 들어온 것 같아 이사는 면했다 싶었다. 그 점에 안도하며 일단 나중에 다시 얘기하자고 하고 방으로 들어왔을 때만 하더라도 다행이라는 마음뿐이었다. 하지만 불을 끄고 침대에 눕자 눈가에 눈물이 고이더니 어느새 관자놀이를 타고 흐르기 시작했다.

둘만 살게 된 이래 말수가 줄고 늘 무엇인가를 애써 견디는 얼굴을 하고 있던 아빠가 점차 바깥출입도 꺼리게 된 것은 지인과 운영하던 보습학원을 정리한 몇 해 전부터였다. 아빠는 더 이상 명절이나 휴가철에도 친척들과 어울리지 않았으며, 할머니의 입원 소식을 듣고도 병원을 찾아가지 않아서 고모의 원망을 샀다. 한번은 전화를 걸어 온 고모에게 고함을 친 적도 있었다. "와이프 그렇게 보내고 30년 지기라는 게 뒤통수를 쳐서 이렇게 망했는데, 나라고 살고 싶어서 살겠어? 누나, 나는 말이야, 푸름이만 없으면 내일 당장이라도 목을 매고 싶은 사람이야. 내 꼴이 지금 그렇다고!"

재작년에 이 집으로 이사 온 다음부터 아빠는 아예 종일 방 안에 틀어박혀서 21인치 화면 위에 떠오른 주가 그래프와 뉴스 화면만 들여다보다시피 했다. 반희가 그런 식으로 일하는 사람을 데이트레이더라고 부른다고 알려주었을 때, 루미는 반희의 입에서 나온 말의 어감과 아빠의 모습이 너무나 멀어서 아무 대꾸도 할 수 없었다. 다른 데이트레이더들은 아마 독감에 걸리면 병원을 찾을 테고 외식도 꺼리지 않을 테니까. 아빠는 장을 보러 가는 일도 인터넷으로만 해결했는데 더러는 택배 박스 안에 쌀조차 없이 오직 라면과 볶음김치만 담겨 있을 때가 있었고, 그보다 더 드물게는 지나치다 싶게 비싼 과일이나 디저트가 배송될 때도 있었다. 다만 박스 안에 든 게 무엇이든 현관문을 직접 여는 일조차 내키지 않는지 박스를 집 안에 들이는 일은 늘 루미의 몫이었다. 그 속에 든 내용물을 먹고 쓴 후에 재활용 쓰레기를 구분하여 내놓는 일 또한 마찬가지였다. 어디에 쓰레기를 내놓아야 하는지조차 아빠는 알지 못하리라고 루미는 생각했다.

따라서 만일 지금 당장 이 집에서 달아난다 해도 아마 아빠는 곧장 눈치채지 못할 것이다. 설령 알아챈다 하더라도 집 밖에 나가는 일을 미루다 찾아 나서지 않을지도 모른다. 창밖 도로에서 오토바이의 굉음과 새된 웃음소리가 들려왔다. 루미만 없으면 당장 내일이라도…… 라고 고모를 향해 악을 쓰던 아빠의 목소리가 되살아났다. 뒤척이다 겨우 잠이 든 후에도 루미는 긴 악몽에 시달렸다. 그 악몽의 내용을 다시 떠올린 것은 점심을 먹고 나서 반희가 간밤에 꾼 꿈에 관해 얘기했을 때였다. 반희의 말에 맞장구를 치다가 간밤의 악몽과 아빠 얘기가 나와서 누가 들을까 봐 목소리를 낮춰 소곤거렸건만, 반희의 짝인 현이 호통치며 끼어든 것이다. 너희 아버지는 너를 팔아먹고도 남을 사람 같은데 정말 모르겠느냐고.

그런 말을 반 전체가 들었건만 여전히 교실에 앉아 있다니. 루미는 눈앞이 아득해졌다. 이 교실에서 앞으로도 반 아이들을 마주하고 수업을 들을 일이 까마득했다. 아빠를 따라서 방 안에 틀어박혀버리는 것은 어떨까. 그런 방법이 있다는 사실이 퍼뜩 떠올랐다. 그러자 아빠도 언젠가 이런 기분에 내몰렸던 것인지 모른다는 생각이 따라붙으며 어렴풋하게나마 아빠도 안됐다는 마음이 들었다.

"우리 푸름이가 이럴 리가 없는데, 별일이네. 오늘 왜 이렇게 집중을 못 하지?" 담임이 루미의 어깨를 짚으며 말했다. "둘째 문단부터 읽어봐."

10여 년이 지난 지금도 루미는 고개를 한쪽으로 갸웃하며 자신을 바라보던 담임의 얼굴과 더불어 화들짝 놀라며 손에 쥔 샤프를 떨어뜨린 자신이 짓고 있던 멍한 표정을 또렷하게 떠올릴 수 있었다. 마치 몸이 둘로 쪼개져서 자신의 절반이 스스로의 모습을 응시하며 담임과 나란히 서 있기라도 했던 것처럼.

반면에 그날 수업을 마친 이후의 일은 희미한 인상으로만 남아 있다. 교무실에 갔을 때 담임이 "너희 아버지께서 면담을 직접 하는 건 일 때문에 시간 내기 곤란하다고 하셨지만, 벌써 우리 푸름이 유학까지 고려하고 계시던데"라고 밝게 말했을 때 뭐라고 대꾸했는지는 좀처럼 기억나지 않았다. 체한 상태였던 탓인지도 모른다. 다음 수업 내내 명치를 문지르고 식은땀을 흘리던 루미는 보건실에서 타온 소화제를 삼키고도 낫지 않아서 결국 반희가 양 손가락을 따주고 나서야 겨우 고통에서 벗어났다.

손톱 아래에서 솟아나는 검붉은 피를 보면서 반희는 이제 괜찮을 거라고 말했다. "밀가루 좀비 때문에 체한 거네." 몇몇이 쑥덕거렸지만 현은 언제 대뜸 말을 걸었냐는 듯 변함없이 엎드려 있었으며, 그날 이후 몇 달이 지나 중학교를 졸업할 때까지도 다시는 루미에게 다가오지 않았다. 그랬던 현이 불쑥 루미를 찾아온 것은 두 사람이 서른을 목전에 둔 겨울, 크리스마스이브의 일이었다.

현

"현이 너는 장래 희망 뭐 적었어?"

등굣길에 마주친 반희가 물었을 때, 현은 횡단보도 건너편에 늘어선 상점가를 바라보고 있었다. 그중 간판이 가장 화려한 가게는 2층 건물을 단독으로 쓰고 있는 횟집이었다.

"해녀."

"정말? 와, 멋있다!"

"그게 정말이겠냐." 현이 코웃음 쳤다. "니 꿈이 뭔지는 몰라도 사람 의심해야 되는 일은 못 하겠다."

"아이, 뭐야. 네가 제주도 출신이라서 믿었지."

반희는 웃음을 터뜨리며 현의 손을 가볍게 밀치듯 건드렸다. 장갑을 끼지 않은 현의 손등 위를 스친 반희의 코트는 놀랄 만큼 부드러운 촉감과 더불어 고가품 특유의 광택을 띠고 있었다. 반질반질한 검은 코트가 해녀복을 닮았다는 말에도, 그러니 해녀는 네가 도전하는 게 더 좋겠다는 말에도 반희는 공중에 하얀 입김을 내뿜으며 웃음 지었다. 한바탕 웃은 뒤에는 새빨간 젤리를 건넸다.
"난 딸기맛 별로 안 좋아해."
"다른 맛도 있는데." 반희가 책가방 곁으로 난 주머니를 열며 덧붙였다. "아니면 상큼하게 민트?"
"참, 바리바리도 싸 가지고 다니네." 현이 실소했다. "산타 해도 되겠다. 네 앞에서 울면 안 되겠는데, 선물 못 받을라."
"아, 현이가 이렇게 웃긴 걸 나밖에 모르다니." 반희가 키득거리며 말을 이었다. "우리 반 애들은 진짜 손해 보고 있다니까."
"네가 유달리 빵빵 잘 터지는 거겠지."
물론 그건 장점이라고 현은 덧붙였다. 잘 웃는 것, 리액션이 좋은 것을 싫다 할 사람은 별로 없으니까. 게다가 반희는 너그러운 마음까지 갖췄다. 사람마다 마음속에 미움이나 짜증이 고이는 공간이 있다면 분명 반희가 가진 공간은 남들과 비교가 되지 않게 조그마할 거라고 현은 생각했다. 반희와 제법 친해 보이는 루미를 울리기까지 했건만 대하는 태도에 변함이 없는 것만 봐도 그랬다. 애초에 교실 안에 있을 때는 최대한 찌그러져 있는 자신을 등굣길에 발견할 때마다 굳이 뛰어와 말을 걸어주는 것부터가 별나다 싶기도 했다. 지난 5년간 제주도와 강원도를 거쳐 초등학교 두 곳, 중학교 세 곳을 옮겨오는 동안 거쳐온 짝꿍이 수십 명쯤 되었지만 이런 식으로 마음을 써준 짝은 처음이었다.

"그래서 반희 너는 뭐 적었는데?"

"스튜어디스! 무용 선생님이 나보고 스튜어디스 같은 거 하면 잘할 것 같대." 반희가 생긋 미소 지으며 목에 스카프를 두르고 리본 모양을 만드는 시늉을 했다. "그런데 작년에는 뭐 썼는지 기억이 안 나. 간절함이 없어서 그런 걸까?"

"응."

지체 없는 대답에 반희는 너무하다며 새된 탄식을 내뱉었다. 그 순간에는 현도 조금 반성했다. 너한테는 간절함이 안 보여. 지금 네가 맡은 역할을 하고 싶다는 애들이 몇 트럭은 되는데 어린 게 배가 불러 터져가지고. 자신을 할퀴던 어른들의 말을 떠올리며 농담이었다고 말했으나 대화는 더 이어지지 않았다. 교실 안으로 들어서자 언제나처럼 몇몇 아이가 달라붙듯 반희를 에워쌌기 때문이다. 현은 자기 자리로 가서 앉고는 이내 책상 위로 엎드렸다. 그러고는 달리 누구에게 물어야 할지 알 수 없는 질문을 되뇌었다.

과거에 경험해본 일, 그때 이미 한 번 망쳐버린 일도 장래 희망이라고 말할 수 있는 걸까.

현은 여섯 살부터 몇 해 동안 다섯 편의 영화와 한 편의 주말 연속극에 출연한 적 있는 아역 배우였다. 그 점을 주변에서 알아보는 게 미치도록 싫어서 등교를 거부하고 지역을 옮겨가면서까지 전학을 거듭하며 몇 해를 보냈건만 막상 사람들의 기억에서 잊히자 이제 다시는 기회가 오지 않을 것만 같다는 예감에 겁이 나고 눈앞이 캄캄했다. 전에는 언제든 자신을 집어삼킬 듯 밀려오는 파도 앞에 버티고 있는 것만 같았는데, 지금은 사막에 홀로 내던져진 기분이었다. 따라서 차라리 이전이 나을지도 모른다. 아니, 확실히 그때로 돌아가고 싶다는 생각이 들 때면 헛웃음이 나왔다. 자신이 최초로 맡았던 배역이 지난 과거를 처절하게 후회하는 사람 앞에 나타나 시간 여행을 허락해주는 운명의 신이었기 때문이다.

영화 속에서 빛 무리에 싸여 등장하는 현은 절망에 빠진 어른들 앞에 나타나 시간 여행의 원칙을 설명해주었다. 여섯 살 때 했던 대사의 대부분을 지금도 기억하고 있었다. 엄마에게 종일 혼나가며 외운 후, 현장에서도 수없이 혼이 났기 때문이다. 그렇게 혼나고 또 혼나는 일에서 도망치고만 싶었는데, 정작 도망치고서도 몇 해를 지나온 이 시점에 불안감을 떨치지 못해 안절부절 못할 줄이야. 원래도 이목구비는 특출난 것이 없었으니 살이라도 더 찌지 않게 최소한으로 먹고, 이따금 고삐가 풀려 폭식을 한 날에는 게워내는 것밖에 할 수 있는 게 없어서 눈물을 삼킬 줄이야. 드디어 누구도 이전의 자기 모습을 알아채지 못하는 학교에 왔지만 종일 엎드려 있게 될 줄이야.

 존재감 없이 찌그러져 있었던 주제에 난데없이 루미를 울리기까지 했으니 반 아이들의 미움을 살 법도 하다고 현은 남 일처럼 덤덤하게 생각했다. 싸가지 없다고 찍힌 일은 전에도 많았지만 이번만큼은 납득할 만한 이유가 있다는 점에서 받아들이기가 한결 낫기도 했다. 다만 루미에게 만큼은 그런 의도가 아니었다는 말을 직접 전하고 싶었는데 중학교를 졸업하는 그날까지도 적당한 기회를 찾지 못했다.

졸업식이 있었던 날에 현은 줄곧 혼자 있었다. 하필 부모님이 운영하는 김밥집에 그날 단체 주문이 들어왔기 때문이었다.
"엄마, 졸업식인데 진짜 나 혼자 가?"
"그럼 어떡해. 이게 얼마 만에 들어온 단체 주문인데. 장사하는 집이 별수 있어?" 엄마가 당근을 볶는 손길을 멈추지 않은 채 대꾸했다.
"아빠! 나 정말 혼자 가냐고!"
아빠는 현의 시선을 슬슬 피했고, 가까이 다가가려 하자 밥주걱을 든 언니가 막아섰다. "작작 해라. 나는 오늘 전공 수업까지 쨴 거 몰라? 여태 아빠가 너 조르는 건 다 해줬잖아. 오늘만 좀 봐주라 좀."
"내 말은 다 들어줬다고?" 조소가 실린 현의 한쪽 입술 끝이 비스듬한 선을 그렸다.
"아빠는 원래 네 말이면 껌뻑 죽잖아. 전학만 몇 번을 시켜줬는데."
"다 그럴 만한 이유가 있어서 그랬겠지."
"이유 뭐?"

"아빠한테 물어봐!"

현은 가게 문을 소리 나게 닫고 나오면서 언니는 모른다고, 아무것도 모른다고 되뇌었다. 그러다 골목 끝에 비스듬히 선 할아버지가 피우는 담배 연기를 피해 가기 위해 횡단보도 앞까지 달렸다. 신호가 바뀌기를 기다리며 장갑을 두고 온 사실을 알아챘지만 돌아가지 않고 주머니에 손을 찔러 넣은 채 바삐 걸었다. 반희는 부모님과 함께 올 테니 아마 오늘 등굣길에는 마주치지 않으리라고 예상했고 실제로도 그랬다.

식이 끝나고 교실 곳곳에서 사진을 찍는 여러 가족 중에서도 반희네 가족은 유독 돋보였다. 유복하다는 말의 의미를 이미지로 간직하고 싶으면 지금 그들이 찍은 사진 중 한 장을 가지면 되리라고 현은 생각했다. 반희의 부모님과 두 언니를 포함한 다섯 명이 걸치고 있는 코트 값만 합쳐도 아마 부모가 운영하는 김밥집의 반년 매출쯤 될 것 같다 싶었는데, 정확히 알고 보면 1년 매출에 가까울지도 몰랐다. 교실 한쪽 구석에서 그런 쓸데없는 생각만 하고 있다가 교탁 근방에 있는 루미를 발견한 순간, 현은 입속으로 웅얼거려 보았다. "그때는 내가 미안했어." 고민 끝에 발걸음을 떼었을 때, 루미가 현 쪽을 향해 손을 흔들며 웃었기에 일순 자신에게 알은척을 하는 것인 줄로 오해했다. 하지만 루미의 입에서는 "이모!"라는 말이 나왔다.

루미를 향해 가려다 그대로 굳어 엉거주춤한 자세로 선 현은 루미가 이모와 사진을 찍고 이어서 반희네 가족과도 함께 사진을 찍는 모습을 지켜보았다. 거의 반 아이들 전체와 사진을 찍는 반희의 모습을 응시하면서 현은 자신이 고작 몇 년 활동한 후 추락한 일에 관해 떠올리지 않을 수 없었다. 그러니까 반희 같은 사람이야말로, 혹은 반희 같은 조건을 두루 갖춘 사람만이 망가지지 않고 연예계라는 생태계를 감당할 수 있는 게 아닐까 하는 생각이 든 것이다.

반희는 우선 누구나 인정할 만큼 예뻤다. 언제나 잘 웃는 만큼 싸가지 없다는 말을 들을 일도 없을 것이며, 설령 일방적으로 시건방지다고 하는 사람이 생겨도 특유의 너그러움과 상냥함으로 금세 오해가 풀리게 할 것이다. 만일 그럼에도 계속 미워하는 사람들이 생긴다면 저 왕족 같은 가족들이 보호해줄 것이다. 그 모든 조건 중에 자신이 가진 것은 단 한 가지도 없었다고 깨닫는 순간, 현은 어지럼증을 느꼈다. 더 이상 교실에 있고 싶지 않아서 그곳에서 빠져나가려는 현의 어깨를 붙잡아 세운 것은 여지없이 반희였다.

"짝꿍! 사진 찍자!"

"짝꿍 이름이 현이라고 했지?" 반희의 엄마가 미소 지었다. "피부가 어쩌면 이렇게 고울까. 안 그래요 여보?"

"그러게 말이에요. 우리 막내 친구 중에는 백설공주도 있었네요. 우리 공주님들, 이쪽 보고 스마일!"

가까이에서 마주하자 반희의 부모님은 확실히 다른 집 부모님들보다 열 살쯤 더 나이 든 테가 났다. 또한 그들의 늦둥이 딸 반희와 마찬가지로 별것 아닌 농담에 잘 웃는 사람들이었다. 세상에 더 많은 웃음을 남기기 위해 빚어진 듯한 그 가족들이 거듭 일컫는 백설공주라는 말은 자신보다 반희에게 훨씬 더 어울리는 것 같아서 찜찜했다. 어릴 때부터 얼굴이 하얗다는 말을 질리도록 들어 온 것은 사실이며 엄마도 그 점을 어필하며 오디션 장에 자기 손을 끌고 다녔지만, 팬이라던 사람들이 빗대는 대상조차 백설공주나 백옥이 아니라 백설기나 두부 같은 것에 불과했으므로. 겉은 순두부, 하지만 속은 쉰두부 같다던 언젠가의 악플도 어김없이 떠올랐다. 누군가는 열 살도 안 된 아이를 향해 아득바득 그런 말을 남긴다.

보란 듯이 적어두어서 열다섯이 되도록 못 잊게 만든다. 하지만 반희라면 분명 그런 악플도 웃어넘길 것만 같았다. 현은 부러워하다 못해 질투심을 느꼈다.

성인이 된 후에 그런 질투심을 고백했을 때 반희는 "건망증을 그렇게 대단하게 해석해준다고?" 하며 깔깔댔다. 건망증하고는 다른 차원이라고 굳이 짚은 것은 그날 밤 취한 탓이었다. 빈 잔을 물끄러미 바라보면서 현은 반희에게 이따금 너를 보면 마음 깊은 곳에서 질투가 치민다고 강조했다.

"너는 원래 어릴 때부터 다 가진 사람이었잖아. 부럽다 못해서 약이 오른다고. 내가 친구라고는 너 하나밖에 없는데 하나뿐인 친구를 질투하고 앉아 있으면 뭐 나는 기분이 좋겠니? 나도 안 그러고 싶어. 실은 질투도 아니야. 그건 질투랑은 다른 감정이거든. 가끔씩 그냥 너라는 인간의 존재 자체가 내 속을 쓰라리게 하는 거야. 반희는 저런데, 나는 왜 이럴까. 나는 왜 나밖에 안 될까 싶어서. 너는 살면서 그런 기분 느껴본 적 없어서 모르지? 모를 거야. 절대 몰라."

"취했어?"

"네 눈에 그래 보이면 취했나 보지. 너는 마음에 없는 말 하면서 남 깎아내리는 사람 아니니까. 그러니까 너를 정말로 싫어할 수는 없는 거야. 너는 끝까지 잘 살았으면 좋겠어. 가끔 진짜 너 때문에 비참해지지만 그거랑은 별개로 너는……. 네가 가진 거 안 뺏기고 안 망하고 울고불고할 일 없이 그대로 잘 살면 좋겠어. 진심으로."

그때 반희의 입에서 나온 말이 심오하다였던가, 심각하다였던가. 어쨌거나 새벽녘까지 주정을 받아주고 난 이튿날에도 반희는 눈치를 주거나 꺼리는 기색을 내비친 적이 없었다. 거무튀튀하고 묵직한 돌덩이를 시냇물에 던져도 한순간 표면이 출렁일 뿐 냇물은 전과 같이 흐르는 것처럼. 그런 반희의 반응은 이따금 미온적으로 느껴졌고, 대체로는 마음을 편하게 해주었다. 그리하여 현이 언제든 속마음을 털어놓을 수 있는 사람은 십대를 거쳐 이십대 때에도 반희뿐이었다.

반면 반희의 곁에는 늘 그녀와 친한 사람들과 친해지고 싶은 사람이 맴돌았으므로 언제든 자신이 반희를 중심으로 한 동심원의 맨 바깥에 놓일 수 있다는 점을 현은 잘 알고 있었다. 그렇다 한들 반희가 한마디 사정 설명 없이 연락을 끊고 사라져버린 사실에는 충격을 받았다. 그것만큼은 아무래도 받아들일 수 없었다.

반 희

 수학은 사랑이다.

 이윽고 과외 선생님이 그런 결론을 냈을 때, 마주 앉은 루미는 가벼운 충격을 받은 표정이었다. 아마 자신도 별반 다르지 않은 표정을 하고 있으리라고 반희는 생각했다.

 반희가 고등학교 2학년이 되던 해 새로 만난 과외 선생님은 첫 시간부터 수학을 향한 자신의 열렬한 애정을 숨기지 않았다. 비록 우리가 입시 때문에 만난 사이니만큼 앞으로도 수업은 입시 준비에 할애하겠지만, 하고 운을 뗀 후에 그는 두 눈을 반짝이며 강조했다. 반희 네가 설령 대학에 가서 어떠한 전공을 택한다 하더라도 수학적 사고가 넓은 우주의 진리와 학문의 핵심에 연결된다는 사실을 잊지 말라고.

그날 이후 루미가 함께 과외를 받기로 하고 주 1회 수업이 2회로 변경되는 동안에도 그는 늘 엇비슷한 무채색 체크무늬 셔츠를 입고 약속된 시각보다 5분 전에 집에 도착했으며 한 시간 반 동안 농담 한마디 건네는 법이 없었다. 문제 풀이를 하다가 옆길로 새는 일은 오직 수학의 본질에 관해 장광설을 늘어놓을 때뿐이었다.

"잘 한번 생각해봐. 수라는 도구가 없으면, 만약에 지금 루미가 열이 난다고 해도 딱 몇 도라고 할 수가 없잖아. 손으로 짚어볼 수는 있겠지. 그런데 반희가 느끼기에는 열이 상당히 심한 것 같은데 내 느낌에는 그냥 좀 열이 나네, 싶을 수 있지 않겠어. 그럼 어때, 진단을 내리기 힘들겠지. 내려봤자 정확성도 떨어질 테고."

반면에 정확한 수치를 측정하면 진단과 관찰의 질을 끌어올릴 수 있다. 이렇게 얻은 측정값을 쌓아 만든 그래프와 확률과 통계를 통해 예측 가능한 영역은 점점 더 확장되며 정교해진다. 따라서 수학은 인류가 미래를 향해 나아가는 길을 환하게 열어주는 실로 빛나는 학문이다. 빛으로 반짝거리는 대상을 어찌 사랑하지 않을 수 있겠는가. 따라서 수학은 사랑이다.

사랑이라고 한 번 더 말하며 선생님은 적분 문제 풀이를 하느라 까매진 연습장 위에 길쭉한 모양의 하트를 그렸다. 반희에게는 수학이 사랑이라는 말이 여전히 와닿지 않았지만 선생님이 수학을 얼마나 사랑하는지는 절절히 느껴졌다. 동시에 자신은 어떠한 대상에 저토록 열렬하게 빠져본 경험이 없다는 사실도 새삼 자각했다.

어릴 때부터 반희는 장래 희망이 무엇이냐는 질문을 들으면 딱히 떠오르는 게 없어서 친구들이 가진 꿈 중에 흥미가 동하는 것이나 주변의 어른들이 추천하는 것을 그때그때 자기 꿈으로 삼아왔다. 또한 교우 관계는 유치원 때부터 대체로 좋은 편이었지만 제일 친한 친구를 묻는 질문에는 장래 희망과 마찬가지로 대답을 머뭇거리게 되었다. 제일 친하다는 게 어떤 면에 기준을 두고 꼽아야 하는 것인지 막연하게 느껴졌던 것이다. 어쨌거나 여러 친구와 두루 어울리며 그 시점에 유행하는 드라마를 보고 아이돌의 노래도 따라 들었지만 딱히 누군가의 팬이 되는 일은 일어나지 않았다.

콤플렉스라고 할 것까지는 없지만 이따금 그런 자신이 특이한 사람인지도 모르겠다는 생각을 하던 반희에게 뜻밖의 관점을 일깨워준 사람은 현이었다. "넌 좋아서 미치겠는 것도 없지만 싫어서 돌아버리겠다 싶은 것도 없잖아. 싫은 게 많은 거 되게 피곤한 거야." 그러면서 현은 자기가 정장을 차려입고 출근해서 종일 작은 사무실에 갇혀 있는 모습은 도저히 상상할 수가 없다고, 죽을 만큼 싫다고 했다. 그 말을 들었을 때 반희는 조금 전에 수학은 사랑이라는 말을 들었을 때 그랬듯 어떤 반응을 보여야 할지 알 수 없었다. 죽을 만큼 싫은 것은 어떤 감정일까. 주체할 수 없을 만큼 커져버린 사랑이나 미움으로 마음이 가득 찬 경험은 없었고, 따라서 그토록 온 마음을 뒤흔드는 감정에 사로잡히는 게 구체적으로 어떤 느낌인지 반희는 알지 못했다.

"선생님은 언제부터 이렇게 수학을 좋아하셨어요?" 반희가 물었다. "아주 어릴 때부터요?"

"그럼. 우리 형이 어릴 때부터 나더러 암산 변태라고 그랬어. 아, 물론 여기에서 변태는 절대로 이상한 쪽이 아니니까 오해는 말고……."

"안 해요. 그럼 당연히 전공 정할 때도 고민이 없으셨겠네요?"

"나야 없었는데 아무래도 집에서는 좀더 취업에 유리한 쪽을 바라시기는 했지. 학교에서도 전기나 전자 전공

쪽을 추천했지만 후회는 없어. 보자, 루미는 내년 초 성적 봐서 결정한댔고, 반희는 경영학과 쓰기로 했었지?" 선생님의 눈이 빛났다. "왜, 반희 너도 관심 가는 과가 생겼어? 요즘 성적도 오른다 싶더니."

"딱히 그런 건 없는 것 같아요."

선생님은 뭔가 석연치 않은 듯한 표정으로 검지와 중지 사이의 펜을 두어 바퀴 회전시켰지만 벽시계 쪽에 시선을 던지더니 이럴 때가 아니다 싶었는지 자세를 고쳐 앉고는 숫자들 위로 하트가 그려진 연습장의 다음 장을 펼쳤다. "그래, 경영학과가 무난하고 좋지. 자, 다음 문제 보면……."

새로 연 연습장의 페이지가 또다시 숫자들로 가득 찼을 즈음, 창밖에서 번개가 번쩍였다. 선생님이 마른하늘에 날벼락이 다 친다고 말하자마자 폭우가 쏟아지는 소리가 들리기 시작했다. 그러고는 장마가 시작되는 모양이라며 오만상을 썼기 때문에 수업을 마쳤을 때 반희는 그에게 집에 있는 우산 중 가장 큰 것을 건넸다. 루미는 자기는 큰 것 필요 없다고 아무것이나 하나만 빌려달라고 했지만 반희는 그럴 수 없었다.

"좀 전에 엄마랑 통화하는 거 옆에서 다 들어놓고 왜

이래." 반희가 루미를 향해 눈을 흘겼다. "엄마랑 아빠랑 거의 다 왔대. 진짜 5분만 있다가 내려가면 돼."

"시간도 이렇게 늦었는데 죄송해서 그러지. 과외도 네 덕분에 난 공짜로 하는 건데."

"아우, 또 그 얘기!"

반희는 귀를 막는 시늉을 한 다음 자기는 혼자였다면 아마 수업 자체를 안 했을지도 모른다고, 선생님의 첫인상이 엄청나게 부담스러웠다고 말했다. 과장이 섞인 말이었다. 실제로는 살짝 부담스러운 정도였고, 그 얘기를 들은 엄마가 루미와 함께하면 어떻겠냐고 먼저 물어왔다. 그렇게 루미를 챙길 때면 엄마는 루미의 엄마가 임종을 맞이하기 직전에 힘닿는 대로 루미를 돌봐주겠다고 약속했다는 사실을 스스로에게 다짐하듯 중얼거리곤 했다. 마음 같아서는 루미 아빠가 어떻게 되든 말든 지금이라도 그 집에서 루미만 좀 쏙 빼서 데려오고 싶다는 말을 한 적도 여러 번이었는데, 물론 그런 말까지는 루미에게 전하지 않았다.

"이제 내려오라서. 같이 가자."

휴대전화 메시지를 확인한 반희가 말했다. 루미는 아빠에게서 부재중 통화가 다섯 통이나 와 있다며 신발을 신는 와중에도 전화를 걸었다. 현관을 나서면서도, 엘리베이터를 기다리면서도 계속 전화를 걸었지만 통화가 연결되지 않자 표정이 굳었다. 반희는 기다리다 일찍 잠드셨을 거라고 말하며 초조한 기색을 띠는 루미에게 팔짱을 끼었다.

"비 오면 졸리잖아. 나도 자꾸 하품이 나는데."

"그렇기는 하지."

루미는 애써 기운 없는 미소를 짓더니 반희의 부모님 차에 타서 인사를 하자마자 다시 전화를 걸기 시작했다. 지하 주차장을 빠져나오자 굵은 빗줄기가 차체를 때리는 소리가 요란하게 울렸다.

"참 루미야, 김치는 좀 있니?"

"그럼요." 루미가 귓가에 대고 있던 휴대전화를 내리며 대답했다. "전에 주신 것도 아직 있는데요. 항상 죄송해요. 오늘도 이 시간에 괜히 저 때문에……."

"애 좀 봐." 루미의 말허리를 자르며 반희 엄마가 입을 열었다. "마음 같아서는 이 늦은 시간에 우리 루미 항상 데려다주고 싶은데 새로 올린 상가 건물 반지층에 물이 차서 요즘 우리가 좀 정신이 없었지. 그래도 루미가 같이 공부해주는 덕분에 이런 시간까지 다른 걱정 없이 일하고 오는 거야. 안 그랬으면 우리 반희만 선생님이랑 둘이 두고 마음이 불편했을 거야. 선생님은 선생님이지만 세상이 험하잖니. 사실 뭐 대학생이라 너희랑 몇 살 차이 안 나기도 하고."

"아, 그런데 사실 저희 선생님은 진짜 수학만 사랑하시는 거 같기는 해요." 루미의 목소리가 조금 밝아졌다.

"잘만 하는 게 아니라 사랑까지 한다고? 수학을?" 반희의 아빠가 뒤를 돌아보며 물었다.

"엄청나요. 아예 수학 존재 자체가 사랑이라던데요?"

선생님에게 들은 놀라운 논리의 흐름을 전하며 키득거리는 반희를 따라서 그것참 별난 사람이라고 아빠가 웃었고, 원체 첫인상부터 강렬하기는 했다며 엄마도 따라 웃었다. 세단 안에 핀 웃음꽃은 그러나 다음 순간 루미가 내지른 비명으로 멎었다.

"아빠!"

그 순간부터의 기억은 반희에게 몇 장의 거대한 흑백 사진처럼 어둡고도 선명하게 남아 있었다. 우산을 챙길 정신도 없이 차 밖으로 뛰어나가던 루미의 뒷모습. 비스듬히 서 있는 가로수와 뒤집혀 나동그라진 우산 사이에 벌이라도 서는 것처럼 서서 장맛비를 맞고 있던 루미 아빠의 모습. 그가 비틀대며 걸음을 옮기다 도로 변에 고인 물웅덩이 쪽으로 고꾸라지며 축 늘어지던 순간. 응급실에 가는 동안 쉴 새 없이 움직이던 와이퍼. 그리고 응급실을 나서는 반희네 가족을 향해 폐를 끼쳐서 죄송하다고 사과하던 루미의 얼굴. 당혹감과 수치심을 감추기 위해 별일 없으리라고 중얼거리며 필사적으로 미소를 짓는 루미를 바라보며 반희는 병원에 오는 길 내내 머릿속을 떠나지 않던 의문을 속으로 삼켜야 했다.

　루미의 아빠가 자기 집 앞의 사거리까지 루미를 마중 나온 일이 어째서 이런 결과로까지 이어지는 것일까. 사실 따지고 보면 이상한 점이 많았다는 생각도 그제야 들었다. 평소에 루미가 학교에서 나설 때나 과외를 마쳤다고 연락할 때마다 루미의 아빠는 매번 놀랄 만큼 즉시 전화를 받았고, 연락이 몇 분만 늦어져도 어김없이 여러 통의 부재중 전화가 남아 있었던 것이다. 지금까지 조금 별나다 싶었던 그 행동은 어쩌면 내도록 루미의 기별만 기다리고 있었던 데 기인한 것일지도 몰랐다. 돌이켜 생각해보면 루미가 고작 물갈이가 심하다는 이유로 수학여행을 포기했던 일도 석연치 않았다. 재작년에 있었던 현수막 사건도 떠올랐다. 그러자 두 팔에 소름이 돋았다.

루미의 엄마가 돌아가신 후부터 부쩍 집 밖 출입을 꺼리게 된 루미의 아빠를 두고 중학교 동창 사이에는 극심한 우울증이다, 조울증이다, 아니 조현병 진단을 받았다더라는 말들이 떠돌았다. 그 소문이 일정 부분 사실이었던 게 아닐까 싶어서 반희는 두 눈을 질끈 감았다. 루미는 그런 아빠와 둘이 살면서 아이를 돌보듯 늘 집에 매인 채 마음을 졸이며 살아온 것일까.

  반희는 그날 속으로 삼켰던 질문을 이후에도 차마 묻지 못했다. 그런 채로 변함없이 루미와 함께 수학을 공부하고, 입시를 치르고, 성인이 되었다. 각자 다른 대학교에 진학한 후에도 이따금 먼저 연락을 하는 쪽은 반희였다. 안부를 묻지 않은 채 몇 달이 지나면 엄마가 먼저 챙기기도 했으므로 루미에게 못해도 한 계절에 한 번쯤은 잘 지내느냐고 메시지를 보내면서 반희는 늘 너희 아버지는 여전히 전과 같은 상태냐고 적고 싶은 것을 참느라 한숨을 삼켰다. 그렇게 한숨이 더해지는 동안 반희는 난생처음으로 누군가를 마음 깊이 미워하는 일에, 그럴 때 느끼는 감정에 눈뜨게 되었다.

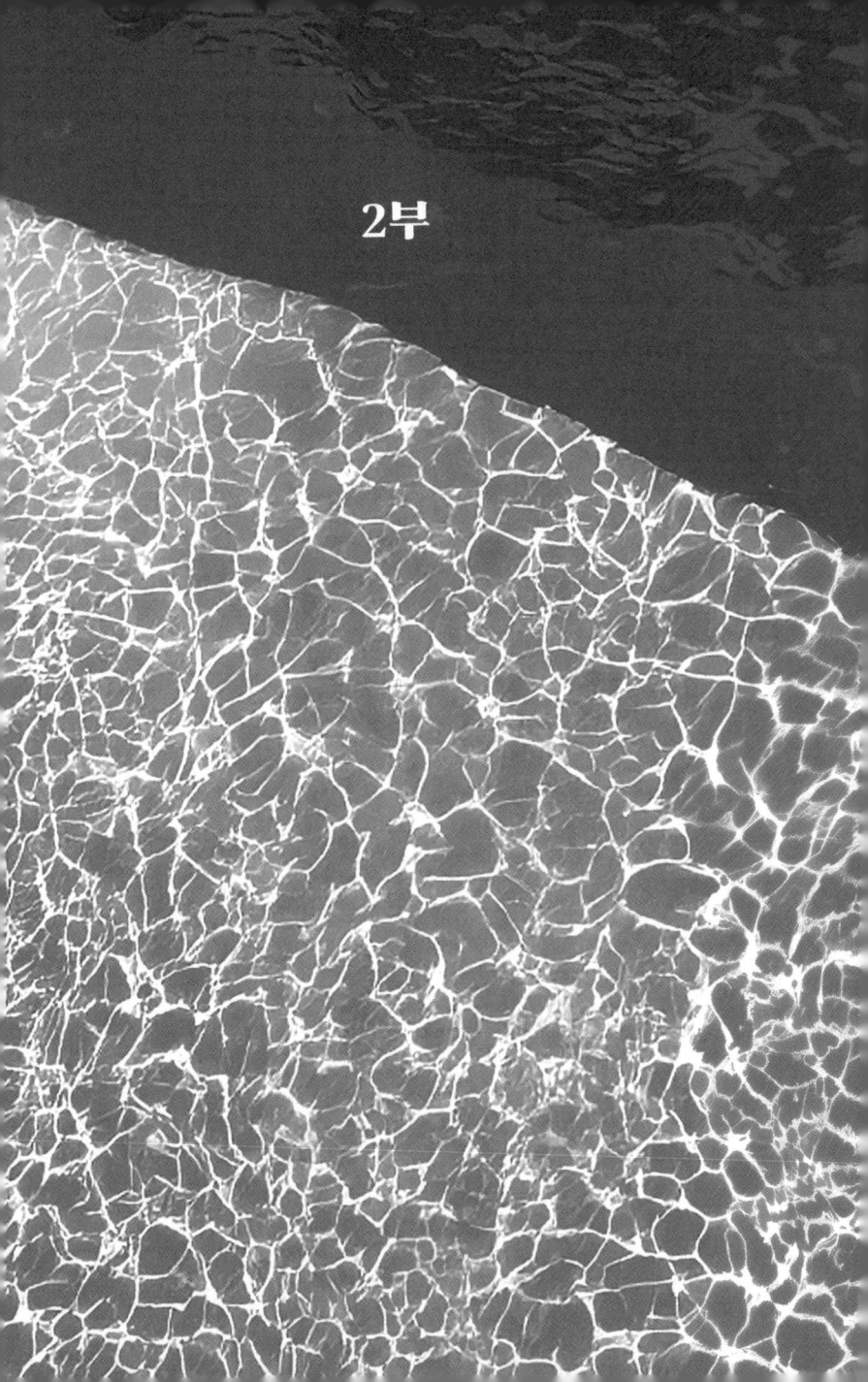

2부

루미

"이제 천천히 일어나보시겠어요?"

마취에서 깨어난 환자는 절반쯤 뜬 눈으로 루미를 응시하며 벌써 다 끝났느냐고 물었다. 쥐어짜낸 듯한 음성이었다. 그는 크리스마스이브에 위내시경을 받는 마지막 환자였는데, 검진을 시작하기 전에 상당한 불안감을 내비쳤다. 마우스피스를 물면 입으로 숨을 못 쉬게 되므로 물에 빠져 숨이 넘어가는 것 같은 느낌이 든다는 것이었다. 루미는 평소에 비염이 심한 분 중에 그런 공포심을 느끼는 경우가 종종 있으나 실제로는 옆으로 눕는 데다 내시경 관이 공기의 흐름을 평소보다 더 원활하게 만들므로 호흡을 못 해서 문제가 된 적은 없었다고 차근히 알렸다. 그는 설명을 듣는 동안에도 긴장감을 드러내며 두 눈을 치뜨고 있었지만 막상 마취제가 투여되자 외려 여느 환자의 경우보다 더 빠른 속도로 순식간에 의식을 잃었다.

"몽롱하시면 이쪽에 좀더 앉아 있다가 가셔도 돼요. 조금 이따가 식사는 하셔도 되는데, 자극적인 음식은 피하시고, 운전도 삼가시고요."

비틀대며 처치실에서 나와 대기석에 앉은 환자의 시선은 한동안 접수대 옆에 붙은 포스터에 머물렀다. 연말이 될수록 폭증하는 검진 수요를 알리며 건강검진 시기를 서두르도록 권장하는 포스터였다. 누군가는 매서운 추위에 패딩 점퍼를 꺼내 입으면서, 다른 누군가는 송년회 약속을 잡거나 번화가를 장식하는 크리스마스트리를 보며 한 해가 저물어가는 것을 실감한다면 루미는 병원 한쪽에 이 포스터가 등장할 때 올해도 막바지에 접어드는구나 싶었다. 그리고 한동안 매일 쉼 없이 채혈을 하고 내시경을 치른 뒤에 크리스마스이브를 맞으면 후련함을 느꼈다. 크리스마스부터 새해 첫날까지 장장 8일간을 연말 휴가로 쉬기 때문이었다.

루미에게는 원장처럼 알뜰한 사람이 연말마다 여드레나 이어지는 휴가를 가지고 성수기의 비싼 항공권 가격과 호텔 값을 치르고서 여행을 떠난다는 게 미스터리였다. 반대로 원장은 루미가 일주일 넘는 휴가 기간에 여행 한 번을 안 간다는 사실에 해마다 새로이 놀라는 눈치였다.

"12월에 갈 데가 얼마나 많은데." 원장이 겉옷에 팔을 꿰며 노곤한 음성으로 말했다. "치앙마이도 괜찮고, 진짜 끝내주는 데는 전에도 말했지만 빠이에요, 빠이. 내가 진짜 이십대 때 거기 가봤으면, 호적에서 파이는 한이 있어도 여기서 이러고 안 있었을 거야."

"원장님, 소용없다니까요. 심 선생은 식기세척기 하나를 살 때도 최저가 뜰 때까지 석 달을 기다리는 거 보시고도 그래요?" 김 선생이 외투를 걸치며 끼어들었다. "환갑에 은퇴해서 유유자적하는 게 목표라잖아요. 제주도 갈 돈도 아깝다는 사람이 태국에 가겠어요?"

나름의 방식으로 루미의 편을 들어준 김 선생이 딸을 데리러 가야 한다며 먼저 병원을 빠져나간 후에도 원장은 포기하지 않았다. 일주일 넘게 집에만 있으면 무슨 재미냐며 열변을 토하느라 엘리베이터의 버튼을 누르는 것도 잊고 있는 그녀 옆으로 루미가 손을 뻗어 엘리베이터의 버튼을 눌렀다.

"그래도 저 오늘은 약속 있어요, 원장님. 누가 저 만나러 이 근처로 온대요."

"오, 누구?"

"중학교 동창이요. 되게 오랜만에 보는 거예요."

"오랜만이면 한잔해야겠네. 어디 갈 거예요?"

이 동네로 온다고 했으니 심 선생이 정했을 것 아니냐는 원장의 질문에 루미는 뜨끔했다. 어젯밤에 난데없이 연락해온 현이 용건은 만나서 알려주겠다며 온다기에 그러마 했을 뿐, 어디에 갈지는 생각해보지 않았던 것이다.

이런 일이 있을 때면 루미는 어김없이 간호대학 신입생 시절에 자신에게 첫눈에 반했다던 동기를 떠올리게 되었다. 그는 더듬거리며 고백한 지 몇 달이 채 지나지 않아 루미가 사회성이 떨어지는 구석이 있더라고 흉을 보고 다니느라 바빴다. 다소 미안한 감이 들 만큼 관심이 가지 않는 상대였으므로 루미는 그의 변심에는 감흥이 없었다. 다만 사회성이 떨어진다는 지적만큼은 일리가 있다고 여겼다. 그때의 여파로 대학에서는 세간의 화제와 유행을 알은척하기 위해 신경 쓰느라 그런 노력을 들이지 않던 시절의 두 배쯤 되는 에너지를 쓰며 지냈다. 첫 번째 직장이었던 종합병원은 잡담을 나눌 여유

자체가 없는 곳이었지만 그 점만큼은 편했다는 말을 농담으로도 할 수 없을 만큼 살벌하게 날 선 곳이었다. 이후 이모의 소개로 안착한 내과의원에서 맞는 겨울도 올해로 네 번째, 그간 대체로 무난한 동료와 환자들을 상대하는 작은 세계에 익숙해지다 보니 소위 사회성 있는 사람처럼 구는 데 해이해진 모양이었다.

루미는 원장과 헤어지며 목만 까딱거리지 않고 상체를 숙여 제대로 인사를 했다. 그러고는 이제라도 적당한 카페를 검색해볼 요량으로 휴대전화를 들자, 이미 도착해서 기다리고 있다며 카페의 위치를 알리는 현의 메시지가 보였다.

"푸름아, 여기!"

한쪽 팔을 번쩍 들어 올리며 자리에서 일어나는 현은 올이 굵은 검은 스웨터 아래 은은한 광택이 도는 검은색 치마를 받쳐 입고 있었다. 귀가 드러나도록 쇼트커트를 한 머리칼 또한 유달리 새까매서 특유의 창백한 얼굴과 목덜미가 도드라져 보였다. 현은 가방을 놓으라며 여분의 의자에 접어놓은 자기 코트를 한쪽으로 밀었는데, 코트와 그 위에 걸쳐 둔 머플러 역시 검은 색이었다.

"푸름이 넌 전하고 똑같다. 하나도 안 변했어."

루미는 너도 마찬가지라고 대꾸했다. 사실 현이 전에도 이토록 검은색을 잔뜩 휘감고 있었는지 아닌지 기억이 아득했고, 머리 모양도 크게 바뀌었지만 그 편이 무난한 대답 같았던 것이다. 현은 싱긋 웃더니 미리 주문해둔 조각 케이크가 담긴 접시를 루미 쪽으로 밀어주었다. 생크림 사이사이에 흘러넘치도록 딸기가 가득 박혀 있는 것이었다. 현은 크리스마스이브 느낌을 내자면서도 자신은 케이크에 손도 대지 않았다.

"너는 안 먹어?"

"나는 원래 딸기 별로 안 좋아해. 너 먹으라고 산 거지. 이런 날에 시간 내준 게 고마워서. 내가 요새 좀 경황이 없어서 어제 푸름이 너한테 연락하고 나서야 오늘이 24일이구나 했다니까." 현이 멈칫하며 고개를 갸웃거렸다. "왜 웃어?"

"그냥, 네가 전에는 나 루미라고 부른 적 있었는데, 하도 오랜만에 보니까 그런지 이름을 부르는구나 싶어서."

현은 팔짱을 끼더니 길게 한숨을 내쉬었다. "맞아, 그때 그랬지……. 내가 갑자기 너희 얘기하는데 끼어들어서 너 체하고 울고……. 그래, 그러고 나서도 나랑 놀아준 반희가 특이한 거고, 루미 너는 나 싫었겠지 뭐. 너한테는 내가 비호감인 게 당연하지."

"왜 그래. 나 너 안 싫어해."

현은 한쪽 손으로 턱을 괸 채 루미를 응시하며 잠시 동안 아무 말 없었다. 입술을 앙다물고 있는 표정은 혼란스러운 것인지 짜증스러운 것인지 모호했다. 실내에 흐르던 재즈곡이 끝나고 다음 노래가 시작될 즈음에야 현은 가볍게 고개를 흔들며 자세를 바로 하더니 겨우 입을 열었다.

"그렇다면 다행이네. 고맙다고 하기는 좀 이상한 것 같고, 아무튼 다행이다."

루미는 마땅히 대꾸할 말을 찾지 못했으므로 때마침 주문한 카모마일 티가 나온 게 반가웠다. 천천히 차 한 모금을 마시면서 루미는 오랜만에 동창을 만났을 때 할 법한 질문을 떠올려보았다.

"현이 너는 요즘 무슨 일 해?"

"뭐 이것저것. 웬일로 우리 부모님이 하는 가게가 잘돼서 일 없을 때는 거기도 돕고. 학생들 그룹 수업이랑 과외 같은 것도 좀 하고. 실은 전에 했던 일로 다시 돌아가서 본격적으로 좀 준비 중인 게 있어. 아니다. 사실 준비를 끝내서 일단락된 일을 대기 중이라고 해야 하나. 말하자면 이런 거야. 개업 전에 인테리어 하고 간판까지 다 맞췄는데 사정이 생겨서 오픈 날짜를 내년 봄으로 미룬 거지. 이렇게 해서 설명이 되나 모르겠네."

"전에 하던 일로 돌아갔다고 하면 그쪽 아니야? 영화? 영화 쪽이면 다 찍었는데 개봉이 미뤄졌다거나."

루미의 말을 들은 현은 놀란 기색이 역력했다. 손에 들고 있던 커피잔을 내려놓는 움직임이 줄로 조종되는 인형처럼 뻣뻣했다. 아차, 하며 루미는 다시금 사회성이 달린다던 말을 떠올리게 되었다.

"내가 어릴 때 영화에 나온 거, 어떻게 알았어?" 현이 떨리는 음성으로 물었다. "그 학교에서는 다들 모르는 줄 알았는데."

어차피 엎질러진 물이라는 생각이 들어서 루미는 현이 전학 오기 며칠 전에 있었던 일을 기억나는 대로 전했다. 점심시간이 끝날 즈음 지금은 이름도 잘 생각이 나지 않는 누군가가 칠판에 현의 예명을 커다랗게 적더니 반에 새로 올 전학생이 아역 스타 출신인데 여러 학교를 거친 끝에 우리 반으로 온다고 한 것이다. 반 전체가 들썩이는 가운데 반희가 나섰다. 여태까지 고생이 컸다면 우리라도 모르는 척해주자고. 한 학기만 지나면 졸업이니 그럴 수 있지 않겠느냐고. 그러자 호시탐탐 반희와 친해질 기회를 노리던 반장이 정말 훌륭한 생각이라며 동의했고, 반장을 좋아하던 일진은 한술 더 떠서 전학생의 과거에 관해 떠벌리면 자기가 가만 안 둘 테니 각오하라며 으름장을 놓았다.

"그때 우리 반에 일진이 있었던가?"

"걔도 반장 따라다니면서 개과천선해서 누구 때리고 그러지는 않았어. 학교 밖에서 좀 위험한 고등학생들하고 어울리고 다녀서 소문만 흉흉했지. 키 엄청 컸지만 가만 보면 순한 얼굴이었는데."

현은 기억난다며 고개를 끄덕이더니 잔에 남은 커피를 술처럼 꿀꺽꿀꺽 들이켰다. "내가 갑자기 불러내서 웬만하면 이러지 않으려고 했는데, 주종은 뭐든 좋으니까 나랑 한 잔만 마셔주라."

한 잔만, 이라고 했지만 현은 아이리시펍으로 자리를 옮긴 후에 순식간에 생맥주 두 잔을 비웠다. 루미가 생전 처음 와보는 아이리시펍에서는 캐럴인 줄 겨우 짐작할 수 있을 만큼 느린 템포의 애상적인 음악이 흐르고 있었다. 흑맥주 위의 거품은 카푸치노처럼 부드러웠다.

이런 곳이 근무하는 병원 근처에 있는 줄은 몰랐다. 집과 학교만 오가던 시기를 거쳐서 이제는 집과 병원만 오가는 삶을 살고 있다는 사실을 뼈저리게 느꼈지만 곧장 어쩔 수 없다는 생각이 따라붙었다. 아니나 다를까 다음 순간 휴대전화 진동이 울리기 시작했고, 루미는 테이블 위의 휴대전화를 집어 들어 손에 쥐었다. 메뉴판을 훑던 현이 받으라고 말했지만 고개를 저었다.

"광고 전화야?"

"광고는 아닌데, 내가 이 전화를 받으면 또 사회성이 뚝 떨어질 것 같아서."

"그럼 이렇게 하자." 현이 메뉴판을 한쪽으로 밀쳤다. "그 전화 받지 말고, 우리 집으로 가서 얘기하자. 여기 의자도 좀 불편하고 어수선해서 그런지 나도 입이 잘 안 떨어지는 거 같아."

루미는 자신이 제법 아늑하게 느꼈던 이곳이 현에게는 어수선한 공간으로 보인다는 사실에 가벼운 충격을 받았다. 이럴 때 그러자고 웃으며 가뿐하게 일어서는 자기 모습을 상상해보기도 했다. 어딘가의 평행 우주에는 그런 삶도 있으면 좋겠다고 여기며 루미는 고개를 저었다. 현은 몇 번쯤 더 조르다가 포기하더니 조만간 밥이라도 먹자고 말하며 자리에서 일어났다. 의례적인 인사인지 오늘 못 한 얘기를 했으면 하는 바람인지 갈피를 잡지 못한 채 루미는 고개를 끄덕이며 펍을 나섰다.

"참, 영화. 네가 출연한 영화 제목이 뭐야? 개봉하면 보러 갈게."

"아, 그러니까 말이야. 개봉을 해야 신나서 알리는데. 찍기는 벌써 작년에 다 찍었는데 내년 봄까지 기다려야 되거든. 진짜 이러다 목 빠지겠어."

현은 장난스러운 동작으로 턱을 당겨 목을 길게 늘이더니 불현듯 웃음을 터뜨리며 횡단보도 반대편 가로수 사이에 걸려 있는 현수막을 가리켰다. 거기에는 붉은 글씨로 '떼인 돈, 취업 및 자녀 진로, 각종 정신 질병에 솔루션 제공'이라는 문구와 함께 휴대전화 번호가 적혀 있었다.

"저기에서 해결 못 하는 게 없네. 영화 개봉 날짜도 조정 가능한 거 아니야?" 현이 깔깔 웃더니 말을 이었다. "저런 사기꾼 새끼들. 싹 다 지네처럼 말라 죽어야 되는데."

루미는 대꾸 없이 현수막을 바라보고만 있었다. 매서운 바람이 불자 현이 까만 머플러를 코끝까지 끌어올리며 어느 쪽으로 가느냐고 물었고, 루미는 대답 대신 조금 전까지 스스로도 예상치 못했던 질문을 건넸다.
"너희 집은 여기서 얼마나 걸려?"

현

"우리 집까지 왔으니까 이건 크리스마스 선물로 줄게."

화들짝 놀라서 아니라고, 괜찮다고 말하며 손사래를 치는 루미의 움직임은 의례적으로 사양하는 모습과는 차원이 달랐다. 틴 케이스를 밀어내는 손길이 필사적으로 보일 지경이었으므로 현은 웃음을 터뜨리고 말았다.

"야, 이게 뭐 별거라고 그래. 케이스가 예뻐서 그렇지 안에 든 거 그냥 차야, 홍차."

"너 마셔. 나는 차 맛도 잘 몰라."

"방금 전에 맛있다고 해놓고는. 아니, 선물이 없는 크리스마스는 크리스마스가 아니라고 하잖아."

"그런 말이 있어?" 루미가 되물었다.

"작은 아씨들에서." 현이 거실 바닥 위로 쓰러지듯 몸을 뉘며 말을 이었다. "그 소설은 조가 이렇게 러그 위에 벌러덩 누워서 선물도 없는 크리스마스가 무슨 크리스마스냐고 불평하면서 시작하잖아. 메그가 가난한 건 너무 끔찍한 거라고 하니까 에이미도 불공평하다고 그러고. 어떤 애들은 예쁘고 좋은 걸 잔뜩 가졌는데 어떤 애들은 하나도 못 가졌다면서."

루미는 기억을 더듬어보듯 두 눈을 깜빡였다. 현은 누운 자세 그대로 천장을 바라보며 이어지는 베스의 대사를 되뇌었다. 하지만 우리에게는 부모님이 있고, 서로가 있잖아. 불평하는 자매들을 도닥이는 베스는 마치 어린 나이에 이미 득도한 사람 같았고, 현은 어떻게 그럴 수 있는지 늘 궁금했다. 같은 환경에서 자란 다른 자매들이 진저리 치는 빈곤에 함락되지 않는 마음, 날 때부터 주어진 가족의 존재에 감사할 수 있는 성정을 어떻게 하면 가질 수 있을까. 자기 연민에 휘둘리며 끊임없이 남과 비교하는 태도에서 초연해지는 방법을 현은 항상 알고 싶었다. 그리하여 마음을 다스리기 위해 나름 노력해본 경험도 남 못지않게 가지고 있었다.

심리 상담을 받으며 상담사가 추천하는 책을 차례로 읽었고 동작보다 명상에 중점을 둔 요가 수업에도 참여

했다. 한동안 절에 들락거렸으며 템플스테이에 가서 묵언 수행도 해봤다. 손으로 하는 일에 빠지면 잡생각이 들지 않는다기에 뜨개질에 열을 올리던 시기가 있었고 술을 한 방울도 입에 대지 않던 시절도, 보이차에 심취했던 때도 있었다.

하지만 그러면서 서른을 목전에 두도록 시간이 흐르는 동안 바뀐 것이 있다면 처음 만나는 사람이나 오랜만에 만나는 사람과 나눌 스몰 토크 주제가 풍성해졌다는 점 정도였다. 네, 저도 그거 해봤어요. 참 좋더라고요. 한동안은 흠뻑 빠져 살았었어요. 그런 말을 하는 자신의 모습은 그런대로 마음에 들었으나 그때뿐. 무언가 새로 시도할 때 품었던 기대가 흩어지고 나면 현은 금세 원래의 자신으로 돌아왔다. 싫증을 잘 내고 그런 스스로를 퍽 한심하게 여기는 자신. 남들도 그런 자기를 싫증 낼까 봐 불안해하며 툭하면 과하게 밝은 척을 하거나 선물을 안기거나 하는 통에 이따금 상대에게 오버하지 말라는 말을 듣는 모습으로.

이제 그만 일어나라며 팔을 뻗는 루미의 손을 잡으면서 현은 루미 역시 속으로는 얘가 되게 오버하는구나, 하고 여기리라고 짐작했다. 애당초 느닷없이 연락을 해서 만난 후에 대뜸 집에 가자고 조른 것부터가 그럴 소지가 충분하다 싶었다. 오는 길에 택시 안에서의 대화는 더욱 최악이었다.

마지막으로 반희를 본 게 언제냐고 물었을 때 돌아온 대답은 예상치 못한 것이었다. 루미가 말하기를, 반희와 자연스레 연락이 뜸해진 게 이미 몇 년 되었다고 했다. 그 순간 현은 허탈했지만 동시에 안도감 비슷한 감정을 느꼈다. 최소한 반희 마저 자기한테 질려서 자기 앞에서만 사라진 줄 알았던 때보다는 기분이 나아졌기 때문이다. 그 상태로 집에 들어서자 원래부터 루미와 크리스마스 파티를 즐기기로 약속이라도 했던 것처럼 캐럴을 틀어놓고 디저트를 낸 것도 모자라 배달 음식을 주문하고 와인을 권하게 되었다. 게다가 루미의 잔이 영 줄지 않는 것을 보고는 몇 분도 지나지 않아서 차를 내렸고, 한 모금 마신 루미가 마음에 들어 하자 마침 새것이 한 통 있다며 허겁지겁 가져오기도 했다. 나 또 시작했네, 싶어서 현은 헛웃음이 나왔다. 그러자 루미가 왜 웃느냐는 듯 눈짓하며 고개를 갸웃했다.

"아니, 그냥." 자리에 앉은 현이 입을 열었다. "롤케이크랑 치즈 옆에 닭발 있는 꼴이 웃기잖아. 만약에 네가 좀 직선적인 성격이었으면 이 집에 오자마자 정신이 하나도 없다고 나더러 오버 좀 하지 말라고 했겠다 싶어서."

"왜, 난 다 좋은데." 루미가 스피커를 가리키며 싱긋 웃었다. "음악도 좋고. 치즈도 너무 맛있어. 나 이런 치즈는 처음 먹어봤어."

"브리치즈는 와인 안주로 흔한 건데. 쳇 베이커도 마찬가지고." 현도 스피커 쪽을 가리키며 웃었다. "네가 술이랑 별로 안 친해서 그런가 보다. 닭발도 처음 먹는다며."

루미는 고개를 끄덕이더니 양념이 참 맛있다고 말했다. 현은 한입에 들어갈 크기로 주먹밥을 꽁꽁 뭉쳐서 루미에게 건넸다. 그러면서 루미가 아이리시펍에서 기네스를 생맥주로 마실 수 있다는 사실을 처음 알았다고 했던 말을 떠올렸다. 카페에서도 루미는 자기가 일하는 병원 근처에 이런 티룸이 있는 줄은 몰랐다며 반가워했었다.

마저 주먹밥을 만들면서 현은 루미에게 쉬는 날에는 주로 무엇을 하며 지내는지 물었다. 예상대로 별것 없다는 반응이 돌아오자 자신이 또 오버하는구나 자각하면서도 질문의 범위를 좁히게 되었다. 사귀는 사람은 없는

지, 즐기는 취미는 없는지, 덕질하는 장르는 하나쯤 없는지, 지난주 휴일에는 도대체 무엇을 하면서 보냈는지.

"지난주? 물소리를 들으면서 문명의 이기를 느꼈어." 루미가 두 눈을 반짝이며 대꾸했다. "설거지 걱정 없이 요리하니까 진짜 편하더라."

물소리를 제공한 것은 이번 주에 루미네에 새로 들어온 식기세척기였다. 요리를 마친 후에 루미는 내친 김에 이가 나가거나 한동안 쓰지 않던 그릇도 과감하게 정리했다고 말했다. 그 집에서 과감하게 정리 할 대상은 실상 따로 있지 않은가 싶었지만 그대로 말할 수는 없었다. 보아하니 너희 아버지는 지금까지도 집에만 틀어박혀서 네 생활을 쭉 좀먹었나 보다, 이제는 네가 돈도 벌고 집안일도 다 하는 모양이구나, 하고도 말할 수 없었다. 그래서 현은 무난한 질문을 던졌다.

"너희 아버지는 좀 어때? 건강하셔?"

"약 드시는 건 많은데 큰 탈은 없어. 다행이지 뭐."

얼버무리는 듯한 미소를 지으며 급히 찻잔을 드는 루미를 보면서 현은 언젠가 학교 앞에 나붙었던 구역질 나는 현수막을 떠올렸다. 거기 적힌 내용에 진심으로 속아서 연락을 취했다면 지적 능력을 의심해야겠고, 속은 척을 했다면 인격 자체를 의심할 수밖에 없는 아버지를 루미는 여전히 돌보고 있는 모양이었다. 어머니를 여의고 가족이 둘뿐이라니 별다른 수가 없었을 것이다. 그럼에도 현은 화가 났다. 루미의 아버지에게도 화가 났지만 실은 예나 지금이나 불평 한마디 입에 올리지 않는 루미에게도 부아가 치밀었다.

잊을 만하면 엄마에게 지독하다는 소리를 들으며 다른 집 딸들과 비교를 당하는 현으로서는 칭송받아 마땅한 루미 같은 딸의 존재가 딸로 사는 일의 허들을 한없이 끌어올린다는 사실을 의식하지 않을 수 없었다. 그런 식으로 높아져버린 기준을 무시하지 못하고 부모에게 시간과 정성을 쏟아붓는 딸들이 도처에 넘쳐서 딸에게 부여되는 의무의 평균치를 올려놓은 탓에 자신은 자동으로 못되고 독한 딸이 되어버렸으므로.

그동안 오염된 평균치로 인해 받아야 했던 고통을 떠올리며 현은 술잔을 들어 입술을 축였다. 아역 배우 시절에 몸담았던 세계는 자신의 아이가 한 컷이라도 더 받는 데 혈안이 된 부모들이 널리고 널렸었다. 따라서 그런 부모가 보통이고 평균이었다. 고작 대여섯 살 아이가 고래고래 윽박지르는 스태프들의 분풀이 대상이 되든

밥을 굶고 밤을 새워가며 촬영을 감행하든 일언반구 항의조차 않는 부모들이 넘치는 곳에서는 극성맞은 현의 엄마도 문제적 보호자로 도드라지지 않았다. 그저 평범한 보호자에 불과했다. 시골에서 키우는 똥개 같은 이미지의 아이를 원한다는 프로듀서의 한마디에 일곱 살짜리를 선탠 기계에 넣고 맥반석 계란을 굽듯 구워댄 일쯤은 웃어넘길 만한 에피소드일 뿐이었다. 어떻게 그럴 수 있었느냐고 따지면 맨 먼저 돌아오는 대답도 다른 집 부모들은 더했다는 것이었다.

게다가 다른 집도 그랬다거나 어떤 세계에서는 흔히 일어나는 일이라는 말 뒤에 숨는 것은 아빠가 더했다. 아빠는 그들 가족이 제주에서 지냈던 그 시기에 자기가 반쯤 미쳐 있었다고 인정하면서도 궁지에 몰린 자신도 어쩔 수 없었다는 투였다. "가게 망해서 막다른 길에 몰렸던 경험 있는 사람은 다 마찬가지지……. 난들 그러고 싶어 그랬나……." 시선을 피한 채, 말끝을 흐리면서 웅얼웅얼 변명하는 아빠를 볼 때면 새삼 현은 이토록 비겁한 사람이 어떻게 그런 일을 감행하려 했는지, 그러고 나서도 아무 일 없던 척 어떻게 시치미를 떼고 살 수 있는지 의아했다.

"너는 베스 같은 사람인가 보다." 현이 루미를 응시하며 말을 이었다. "와, 이제 알았네. 반희도 그러잖아. 별로 불만 없고, 가십에 관심 없고. 그래서 너랑 반희랑 잘 맞았었나 봐."

루미는 현이 하는 말의 의미를 잘 모르겠다는 듯 미간을 가볍게 찌푸렸다가 테이블 위의 휴대전화가 진동하자 재빨리 집어 들어 액정 화면 위로 시선을 주었다. 그러고는 전화를 받지도 전원을 끄지도 않은 채 그대로 쥐고만 있었다. 전화를 건 사람이 누군지 묻지 않아도 알 만했으므로 현은 요란하게 기지개를 켠 후에 캔맥주를 꺼내 가지고 왔다.

"직업도 봐. 백의의 천사잖아." 현이 루미에게 맥주를 건네며 말했다.

"유니폼이 하늘색인데."

"하는 일이 중요하지. 애초에 왜 간호사가 되려고 했는데?"

루미가 피식 웃더니 맥주 한 모금을 삼켰다. "해외 취업하기 좋은 직업이라고 하길래. 학부생 때는 대학 병원 10년 채우고 외국 나가는 게 목표였는데, 거기서 3년도 못 버티겠더라고."

"그래도 도망갈 꿈은 꿔봤구나."

현의 말이 끝나기 무섭게 루미의 휴대전화가 다시 진동음을 냈다. 루미는 연달아서 통화가 되지 않으면 괜한 불안감을 자극해서 일이 귀찮아질 수 있다며 양해를 구했다. "야, 나를 팔아, 갑자기 친구가 아파서 못 간다고 하라고. 눈앞에서 쓰러졌다고 해" 하는 현의 말에는 엷은 미소만 지었다. 그러고는 현관문 앞쪽으로 가서 목소리를 낮춰 말했지만 달래는 듯한 어투로 지금 있는 장소를 말하는 루미의 목소리는 그대로 들렸다.

대학교 신입생 시절 이후에 이토록 매시간 닦달하는 전화를 거는 부모는 처음 본다고 현은 생각했다. 그때를 지나면 최소한 연락에 집착하는 대상이 남자 친구로 바뀌었으므로. 현은 캔에 남은 맥주를 비운 후에 냉장고에서 하나를 더 꺼내 들이켰다. 마지막으로 만났던 날, 반희도 몇 번이나 전화를 받았던 일이 기억났다. 귀찮아하는 기색은 아니었다. 너를 보려고 강릉까지 왔는데 이러기냐며 새로 만나는 사람이 생겼냐고 물었더니 결혼할 사람이라고 답하며 웃는 얼굴이 환했다.

"뭐야, 너 결혼 해?"

"내가 얘기 안 했던가? 아직 날짜는 잡기 전이라 그랬나 보다. 여기, 강릉 사람이야."

"그래서 강릉에 온 거야?"

"아니, 지금 하는 프로젝트 때문에 와서 만났지. 어차피 날짜는 엄마 퇴원하시고 나서 잡을 거라 좀 뒤죽박죽이야."

"너희 어머니 어디 편찮으셔?"

"아, 내가 얘기 안 했던가? 작은 수술을 하나 받으실 게 있어서. 심각한 문제는 아니야. 그러니까 나도 여기 와 있지."

성인이 된 이래 반희는 곧잘 그런 식으로 "내가 얘기 안 했던가?" 하고 반문하며 신상의 변화를 알려왔다. 시간 되면 조만간 한번 보자는 말에 아쉽다며 여름내 제주도에 있을 계획이라고 알릴 때도 있었고, 안부를 묻는 메시지에 한 달 가까이 지나 답을 했을 때는 작은 언니가 사는 영국으로 어학연수를 와 있다고 하기도 했다. 오랜만에 루프톱 바에서 기분을 낸 다음에 헤어질 즈음에야 다음 주에 첫 출근을 한다고 한 적도, 그 직장이 있는 동네에 들른 김에 연락을 했더니 이미 그만두었다고 해서 아쉬워한 일도 있었다.

그래서인지 당시에 현은 반희의 급작스러운 결혼 소식보다 반희가 결혼을 결심했다는 사실 자체에 더 놀랐다. 항상 인기를 끌고 누구와도 잘 지낼 수 있지만 정작 본인은 누구에게도 특별한 애착을 가지고 있지는 않은 듯 보였던 반희가, 알고 지내는 사람 대부분에게 나만 안달하는 것인가 하는 굴욕감을 안기면서도 늘 또 보고 싶게 하는 반희가 용케도 한 남자에게 정착할 마음을 먹었구나 싶었던 것이다. 과연 그런 남자는 어떤 사람인지 궁금해진 현은 결혼식 전에 한번 남편이 될 사람을 만나보았으면 했다. 반희도 반겼다. 청첩장을 전할 때 꼭 같이 만나자고 해놓고 한동안 연락이 없어서 의아했으나 연락을 기다리게 만든 적이 처음도 아니었으므로 결혼 준비로 바쁘리라고 짐작했다. 그랬건만 먼저 연락을 해도 답이 없더니 급기야 휴대전화가 정지되고 SNS 계정마저 사라졌다는 사실을 알게 된 게 지난달의 일이었다.

손에 쥐고 있던 맥주 캔이 어느새 텅 비었다는 사실을 깨달은 현은 냉장고 문을 열었다가 그대로 닫고는 현관 쪽으로 향했다. 벽 쪽에 등을 기대고 쪼그려 앉은 루미가 현의 기척을 느끼고 고개를 들었다. 지친 얼굴 위로 습관적으로 쥐어짜낸 듯한 미소가 떠올랐다. 그 순간 현은 루미의 손에서 휴대전화를 낚아채서 자기가 낼 수 있는 가장 거친 목소리로 내뱉었다.

"아저씨, 약 드실 거 드셨으면 그만 좀 주무세요. 오늘 루미 집에 안 가요. 아니, 아예 안 가요. 이제 루미 여기에서 살 거니까 그런 줄 아세요."

루 미

"머리를 단발로 잘라볼까 봐요."
"만날 끝에 상한 데만 다듬어달라고 하더니 별일이네, 무슨 일 있어?"

루미는 미용사의 질문에 달리 대꾸할 말이 떠오르지 않았다. 불현듯 줄곧 어깨 길이로 유지하던 머리칼을 자를 마음이 들 줄은 스스로도 몰랐던 것이다. 집에서 나설 때도 별생각이 없었고, 미용실에 들어서서 평소처럼 아빠가 먼저 머리를 다듬는 동안에도 현과 메시지를 주고받느라 바빴다. 그런데 자기 차례가 되어 자리에 앉자 불현듯 단발을 해볼까 싶어진 것이었다. 한 뼘쯤 머리칼을 잘라내면 그만큼 사는 게 가벼워질 것 같은 기분이 들었다.

스타일을 골라보라며 스크랩북을 가져온 미용사는 턱선에 맞춘 보브커트를 추천했다. 공들여 층을 내서 볼륨을 살려주면 한결 어려 보이리라는 미용사의 말에 루미는 자신이 어려 보인다는 말이 칭찬인 나이에 접어들었다는 점을 곱씹었다. 그동안 이룬 것이라고는 비교적 안정적인 직업을 갖게 된 것, 오직 그 한 가지뿐이었다. 오랜만에 만난 현 앞에서 현재의 자기 모습을 설명할 만한 화젯거리가 하나도 떠오르지 않은 것도 당연한 일이었다. 자신은 서른이 다 되도록 제대로 된 취미 하나 없는 사람, 휴일에는 주로 무엇을 하느냐는 질문에 대답할 만한 일이 좀처럼 떠오르지 않는 사람, 애초에 그런 질문을 던지는 사람과 만난 일도 드문 사람이 되어버렸기 때문에.

"이렇게 항상 아버지 모시고 다니는 모습이 얼마나 보기 좋은지 몰라. 아무튼 나이 들수록 역시 딸이 있어야 된다니까."

가위를 쥔 손을 쉼 없이 움직이면서 미용사는 루미를 한껏 치켜세웠다. 그야 어머니를 여의고 세상 천지에 가족이라고는 아버지와 둘뿐이었으니 위하고 사는 것도 당연할지 모르나, 그게 말처럼 쉬우면 어째서 젊은 사람들이 다들 결혼도 안 하고 애도 낳지 않고 그러겠느냐면서. 요즘 젊은 여자애들 중에 푸름이 같은 사람은 찾기 힘들다고도 했다. 이제 자신의 결혼 생활이 고생뿐이었다고 장황한 하소연을 한 뒤에 그래도 자식을 낳고 키운 게 살면서 제일 잘한 일이라는 자평이 이어질 차례였다. 루미는 속으로 한숨을 삼켰다.

미용사의 레퍼토리는 아빠와 이곳을 방문할 때마다 반복된 것이었고, 원체 반응을 하지 않는 아빠의 태도가 민망했던 루미가 두 사람분의 맞장구를 쳤던 시기도 있었다. 문제는 그러는 사이 미용사가 자꾸 자기 큰아들을 들먹이며 루미를 떠본다는 점이었다.

미용사의 말에 따르면 그녀의 큰아들은 어릴 때부터 줄곧 수재였다. 그 점은 학원을 운영하던 당시에 직접 큰아들을 지도해본 적 있는 루미의 아버지가 누구보다 잘 알리라고 했다. 또한 큰아들이 올해 치를 시험으로 말할 것 같으면 아슬아슬하게 2차에서만 두 번 떨어졌으니 이번에야말로 합격은 예정된 것이나 다름없었다. 루미는 아쉽게 탈락했다는 그 시험이 어느 분야인지도 이미 여러 번 들었지만 관심이 없었으므로 잊어버렸다.

"시험 딱 붙어서 자리 잡으면 우리 푸름이 같은 며느

리 볼 수 있으려나."

미용사는 농담이라고 얼버무릴 만한 여지를 남겨두듯 웃음을 흘렸으나 루미는 따라 웃지 않고 시계 쪽으로 시선을 주며 딴청을 피웠다.

"아유, 그래. 푸름이가 어릴 때부터 원체 얌전해서 수줍어하고 그랬지. 길이는 어때, 마음에 들어?"

루미는 좌우로 고개를 돌려가며 거울에 비친 자신의 모습에 시선을 주었다. 단발이 낯선 탓인지 조금은 어중된 느낌이 들었지만 싫지 않았다.

"모르는 사람이 보면 학생인 줄 알겠어. 안 그래요? 푸름이 아버지?"

멀거니 창밖을 바라보고 있던 아빠는 자기를 부르는 말에 고개를 돌려 사람 좋은 듯한 미소를 지을 뿐 긍정도 부정도 하지 않았다. 연달아 원하는 반응을 얻지 못한 미용사는 풀이 죽었는지 한동안 말이 없다가 한구석에 들릴 듯 말 듯한 볼륨으로 틀어둔 텔레비전 뉴스에서 나오는 사기 수법을 읊조리며 한심하다는 듯 혀를 찼다. 아무리 맹목적으로 종교에 빠졌다고 해도 그렇지 나무 수액을 먹으면 암도 고친다는 말을 믿는 게 가능하냐는 것이었다. 저희 아빠의 경우는 쌀이었어요, 하고 고할 마음까지는 없었지만 루미는 미용사의 말을 들은 아빠가 어떤 표정을 짓고 있을지 궁금해져서 거울에 비친 아빠의 얼굴을 살폈다.

아빠가 포대째 사 왔던 쌀에서는 몇 해는 묵힌 듯 쿰쿰한 냄새가 났다. 쌀뜨물이 투명해지도록 씻어서 밥을 지어도 냄새는 사라지지 않았다. 신앙 공동체 내부의 정결한 땅에서 자란 쌀이라 기를 보충해주고 온몸의 독소를 빠지게 해준다며 입에 안 맞아도 많이 먹으라는 어투가 더없이 진지했다. 간호대에 재학 중이던 루미의 반론은 들으려고도 하지 않고 역정을 냈다. 할머니가 돌아가신 후에 마음의 갈피를 잡지 못해서 벌어진 일이리라고 여기며 묵은쌀을 몇 포대쯤 먹어 없애는 사이, 다행히 이해 못 할 믿음은 제풀에 끝이 났다. 다만 이후로는 또다시 아빠가 외출을 꺼리는 시기가 도래했다.

머리칼을 만지작거리는 손길로 인해 노곤해진 루미는 어쩌면 아빠의 삶이란 자기 삶을 걸어볼 만한 어떤 가능성을 발견하면 주저 없이 몸을 던진 다음 오랜 후회 속에 고립의 시간을 갖는 일의 반복인 것 같다는 생각을 했다. 커트를 끝내고 자리를 옮겨 온수에 머리를 적시는 사이에는 그런 반복이 끝날 시점을 더듬어보았다. 분명 아직 먼일이었다. 앞으로도 하나의 곤란이 물러나면 다른 형태의 곤란이 다가올 것이다. 원체 날이 궂은 지역에서 한동안 내리던 비가 그친 하늘에 다시 안개가 스미는 것처럼. 그 같은 반복도 어쨌거나 내가 은퇴할 나이 쯤이 되면 끝이 나지 않을까. 루미는 생각했다. 그날이 어서 오기를 원할 수는 없으니 당장 바라는 것은 이대로 따스한 물과 미용사의 손길에 머리를 맡긴 채 잠시나마 눈을 붙이는 것뿐이었다. 가벼이 한숨을 내쉰 후에 루미는 두 눈을 감았다. 그때 미용사가 다시 입을 열었다.

"내가 전부터 푸름이 보면서 느낀 건데, 얘기한 적 있나 모르겠네. 이렇게 항상 아버지 모시고 다니는 모습이 얼마나 보기 좋은지 몰라. 아무튼 나이 들수록 역시 딸이 있어야 된다니까."

샴푸 거품을 내고 두피를 마사지하는 동안 미용사는 마치 20분 전의 시간을 혼자서만 한 번 더 살아내는 듯 조금 전에 한 이야기를 그대로 반복했다. 루미의 효심을 한껏 치켜세운 후에는 자기가 결혼 후에 고생한 이야기를 했고, 그럼에도 자식 키운 보람이 더 크다며 큰아들 이야기를 하는 것이었다.

"우리 큰애가 다음에는 무조건 될 거라는데, 그러면

우리 푸름이 며느리 삼을 수 있으려나."

두 눈 위에 수건을 덮고 있었지만 루미는 미용사가 지금쯤 짓고 있을 얼버무리는 듯한 미소를 떠올릴 수 있었다. 이 순간만큼은 아빠를 원망하는 마음을 억누를 길이 없었다. 아빠는 혼자 이발하러 가라고 하면 차일피일 미루다 몇 달을 넘기고, 머리칼이 덥수룩해지면 그 핑계로 한동안 아예 집 밖 출입을 하지 않았다. 그런 주제에 같은 동네에서 동창의 누나가 장사를 하는 이상 다른 집으로 가는 건 차마 못 할 짓이라며 강경했던 것이다.

"사장님 혹시," 도저히 모른 척할 수 없어서 입을 연 루미의 입에서 쉰 목소리가 나왔다. "요즘에 건망증이 심해지거나 하지는 않으셨어요?"

"건망증이야 전부터 말도 못 하지. 가끔은 막 우리 큰애 이름도 가물가물하다니까." 미용사가 루미의 머리칼을 수건으로 감싼 뒤 일으켜 세우며 말했다.

"자녀분 성함을요?"

"갑자기 생각하려면 그게 그렇더라고. 가만있어봐 우리 큰애가……. 내가 또 이러네, 면구스럽게."

미용사는 허탈한 듯 웃더니 올해 들어서는 예약 손님을 받아놓고 까먹어서 혼쭐이 난 것도 여러 번이라고 웃으며 자기 이마를 쳤다.

의료계에 몸담고 있는 사람으로서 루미는 이 시점에 건네야 할 정보를 잘 알고 있었다. 당장 이곳에서 버스로 두 정류장만 가면 있는 국가에서 운영하는 치매안심센터가 있다. 10여 분 정도만 할애하면 인지 기능에 관해 간단히 검사해볼 수 있고 비용도 들지 않는다. 무료 검사가 미덥지 않다면 처음부터 신경정신과를 찾아 뇌를 촬영하고 혈액 검사를 해보는 방법도 있다.

그러나 그 단계까지 이르는 과정은 대체로 어린아이를 어르고 달래서 치과 치료를 받게 하는 것 이상으로 지난한 길이었다. 치매라는 말을 듣는 순간 사람들의 머릿속은 통제 불능의 상태가 되어 발버둥 치는 노인의 이미지로 가득 차버리기 때문이다. 그런 모습은 실상 치매 말기에 접어든 경우에 해당하며 일찍 발견하면 할수록 진행 속도를 늦춰서 일상생활을 영위할 수 있는 시간을 연장할 수 있다고 알리는 정보는 대체로 전달이 되지 않는다. 이미 겁에 질려 화제 자체를 피하고만 싶은 상태이기 때문에.

현실적인 타협안이라고 여기며 루미는 미용사에게 건강검진을 꾸준히 받고 있느냐고 물었다. 66세 이상은 검진에 간단한 인지 기능 장애 검사도 포함되기 때문에 건넨 질문이지만 미용사는 유쾌하게 웃으며 자신은 나이에 비해 건강한 편이라고 강조하기에 바빴다.

"자식 며느리 고생 안 시키려고, 내 관리는 철저하게 하니까 걱정할 거 하나 없어."

사뭇 활기찬 걸음걸이로 카운터 앞으로 가서 선 미용사가 한 번 더 며느릿감 운운하며 또 보자고 인사를 건네는 통에 루미는 더 묻지 못한 채 그곳을 빠져나왔다. 거리에는 칼바람이 제법 매섭게 불어서 귀와 목뒤가 아릿했다.

"장 봐서 들어갈 거지?" 아빠가 물었다.

"그 전에 뭘 좀 먹고 가요, 따듯한 걸로요."

아빠는 이렇다 저렇다 의견을 내지 않은 채 걸었으므로 루미는 도착하고 나서야 목적지를 알게 되었다. 아빠가 종종 배달시켜 먹는 근처의 국밥집이었다. 꽉 찬 홀을 본 아빠가 줄 서서 기다리는 일에 난색을 표했으므로 부녀는 개업 할인 행사를 한다고 써 붙인 맞은편의 국숫집으로 행선지를 바꿨다.

채 열 명 남짓한 사람이 들어서면 꽉 찰 듯한 실내에

는 약을 달이듯 시간을 들여 끓인 짙은 멸칫국물의 향이 배어 있었다. 아빠는 키오스크에 주문하는 방식에 당황하는 기색이었지만 자기 몫으로 달걀을 추가한 비빔국수를 받자 눈 깜짝할 사이에 그릇을 비웠다. 오랜만에 매콤한 음식을 먹었더니 기운이 난다면서도 그뿐, 다른 말은 한마디도 없었다. 평소에도 함께 식사하는 시간은 조용한 편이었지만 어제와 오늘의 침묵은 부자연스러울 만큼 밀도가 높았다. 먼저 식사를 하고 가자고 했건만 영 입맛이 나지 않아 국물만 연거푸 떠먹는 루미를 바라보는 아빠의 시선에는 두려움 섞인 원망의 기색이 서려 있었다.

엊그제 어디에 가서 무엇을 하느라 이튿날 아침에 들어왔냐고 묻고 싶겠지. 루미는 생각했다. 대뜸 이제 루미는 여기에서 살 거라고 하고는 대꾸할 틈도 주지 않고 끊어버린 사람은 누구인가 싶겠지. 만일 아빠가 먼저 물어온다면 생애 첫 외박을 한 일의 별것 없는 진상에 관해서 얼마든지 설명해줄 것이다. 그러나 그런 일은 일어나지 않을 게 뻔했다. 아빠는 종종 루미가 예상하는 시간에 귀가하지 않으면 조바심을 내며 거듭 연락을 할 뿐 일단 집으로 돌아오면 언제 그런 일이 있었냐는 듯 굴었다. 마치 머릿속 어딘가에 극도의 불안 상태였다가 곧장 태연해지도록 모드를 바꿔주는 스위치라도 있는 사람 같았건만 예고 없이 감행한 외박 앞에서는 그 스위치도 제 기능을 다하지 못하는 모양이었다. 루미로서는 언짢은 기색으로 입을 꾹 다문 채 버티고만 있는 아빠를 자진해서 편안하게 해줄 마음이 들지 않았다.

"젊은 손님은 국물만 드시네. 그럼 국물 좀 더 드려?"

국숫집 주인은 루미가 대답을 할 새도 없이 육수를 가지고 와서는 남은 면 위에 부었다. 그러고는 옆 테이블에 놓인 양념통을 가리키며 입맛에 맞지 않으면 삭힌 고추가 들어간 양념장을 끼얹어 먹어보라고 하더니, 역시 루미가 움직이기도 전에 가져다주었다. 움직임이 상당히 민첩했다. 혹시라도 음식에 문제가 있어서 면에 손이 안 가는 것이면 알려달라는 어투는 정중했는데 우렁우렁 울리는 목소리는 활기로 가득 차 있었다.

"얘가 괜히 입맛이 없어 그러죠." 아빠가 손사래를 치며 대꾸했다. "음식에 무슨 문제가 있겠습니까."

"아유, 그렇죠? 저도 장사 하루이틀 한 게 아닌데, 그래도 이 동네에서는 처음이니까 긴장이 돼서요." 주인이 물이 빠진 듯한 연보랏빛 앞치마에 손을 닦으며 안도의 미소를 지었다.

"비빔국수가 정말 맛있었습니다. 아주 딸이랑 둘이 먹다 하나 죽어도 모를 맛이었어요."

아빠는 말끔히 비운 자기 그릇을 들어 보이며 웃었다. 그럼 자주 와달라는 주인의 말에 싹싹한 어투로 그러겠다고, 창가 자리가 잘 돼 있어서 훌쩍 혼자 와서 먹기도 좋겠다고 대답하는 모습이 홀로 외출하는 일을 두려워하는 사람과는 거리가 멀어 보였다. 본 적 없는 아빠의 태도에 어안이 벙벙해진 루미가 숟가락을 내려놓자 더 놀라운 상황이 벌어졌다. 이토록 맛있는 음식을 남기면 죄를 받는다며 아빠가 국수 그릇을 가져가더니 젓가락질을 하기 시작한 것이다.

그 모습을 바라보며 뿌듯하게 웃는 국숫집 주인에게는 아마도 아빠가 극히 평범한 사람으로, 심지어 붙임성과 배려심이 남다른 손님으로 비치리라고 루미는 생각했다. 어쩌면 아빠의 머릿속 어딘가에서 내내 꺼져 있느라 존재하는 줄도 몰랐던 활력을 관장하는 스위치가 이 순간에 켜진 것인지도 모를 일이었다. 문득 루미는 언젠가 이모가 했던 말이 떠올랐다. 아빠가 처음 인사하러 왔을 때 어찌나 싹싹하고 서글서글했는지 모른다고, 그래서 그때는 온 가족 마음에 쏙 들었다던 말이.

잔치 국수 그릇마저 말끔히 비운 후에 몇 번이고 맛을 칭찬하는 아빠의 모습은 국숫집 주인에게도 매력적으로 보일까. 루미는 패딩 점퍼에 팔을 꿰며 생각했다. 만일 아빠가 외투라면 여기 벗어둔 채로 가련만. 가방이라면 의자 아래 밀어둔 채 문밖으로 달려 나가련만.

때마침 메시지를 보낸 현이 오늘 저녁에 바쁘냐고 물었으므로 루미는 곧장 그렇지 않다고 답했다. 어디든 좋으니 네가 원하는 곳으로 가겠다는 말도 덧붙였다. 그리고 국숫집에서 나오자마자 아빠에게 들를 데가 있으니 먼저 집에 가라고 말했다.

"날도 추운데 또 어디에 가려고?" 얼떨떨한 표정으로 아빠가 물었다.

"가봐야 알아요." 아빠를 돌아보지도 않은 채 내뱉는 말끝이 떨렸다. "늦을 거예요. 알아서 들어올 테니까 전화하지 마세요."

현

"설마 이 나이에 집에서 쫓겨난 건 아니지?" 현은 기가 차다는 듯 웃으며 안전벨트를 매는 루미의 손등을 건드리며 덧붙였다. "야, 쫓겨났으면 우리 집으로 들어와. 원인 제공자니까 내가 책임질게."

"이건 네 차야? 새 차 같은데."

"우리 루미 데리고 좋은 데 다니려고 언니가 오랜만에 플렉스 좀 했다."

"진짜?"

이번에는 현이 코웃음 치며 대꾸했다. "너도 참. 플렉스면 이 정도 가지고 되겠니. 얘기해 봐. 별일 없이 넘어갔어?"

"응. 아무 일 없었어. 집에서 쫓겨나다니, 그렇게 큰 행운은 쉽게 오는 게 아니잖아."

신호에 대기하며 현은 루미의 입에서 나온 행운이라는 말을 되뇌었다. 사차선 도로 너머 하늘빛이 한동안 물을 갈지 않고 방치해둔 어항 속처럼 부육했다.

"앞으로 신나게 외박하고 다니면 되겠네."

"그럴까 봐." 루미가 희미한 웃음이 섞인 음성으로 대꾸했다. "그날 네가 한 말이 맞는 거 같아. 내 탓이 커. 또 무슨 일 날까 봐 오는 전화 다 받으면서 안심시키는데 벌벌 떨다 보니까 내가 여태 이렇게 사나 봐."

"얘 좀 봐, 내가 언제 네 탓이라고 했어! 부모가 자식을 만들지, 자식이 부모를 무슨 수로 만든다고? 내 말은 그게 아니라, 세상에는 한없이 받아주는 사람이 있으면 그게 당연한 건 줄 알고 마냥 기대는 사람들이 많다는 얘기야. 사람은 누울 자리를 보고 발을 뻗는다고 하잖아. 너희 아빠만이 아니야. 자식 위에 드러눕는 부모들 널렸다고."

루미는 고개를 끄덕였지만 습관인 듯 여전히 굳은 얼굴로 휴대전화를 쥐고 있었다.

여전히 본인을 탓하는 것으로 들렸을까 싶어서 현은 뭔가 적절한 비유가 될 만한 이야기를 찾고자 기억을 더

듣었다. 이내 떠오른 것이 양말이었다. 그 양말은 어느 중견 기업의 CEO가 일과 삶의 밸런스를 논하는 강연에 등장했다. 소위 자수성가형 사업가인 그는 한평생 최선을 다해 기업체를 일구는 데 모든 에너지를 쏟아부었다고 했다. 집안일은 자연히 아내에게 일임했다. 아내의 가사와 내조는 완벽했고, 자신에게 별달리 불만을 토로하지도 않았으므로 그는 각자가 맡은 바 임무에 충실한 삶의 형태에 만족했다. 그러다 몇 해 전에 아내를 먼저 여의고 나서야, 자신이 40년을 살아온 집의 어디에 양말과 속옷이 있는지조차 모르는 사람이 되어 있다는 점을 깨달았다는 이야기였다.

괜찮은 예시가 아닐까. 현은 생각했다. 그러니까 오래도록 긴밀하게 이어진 관계가 의도치 않은 방향으로 굳어버린 경우는 얼마든지 있지 않느냐는 말을 하려 했을 때, 어김없이 루미의 휴대전화가 울렸다. 루미는 손에 쥔 휴대전화를 무미건조한 시선으로 내려다보더니 이내 통화 버튼을 눌렀다.

"아빠, 제가 전화 좀 하지 마시라고……. 아뇨, 그런 거 아니에요. 친구랑 약속이 있어서 나왔어요." 루미가 고개를 돌려 현에게 물었다. "우리 어디가?"

"엊그제 얘기한 데. 종 치는 거 보러."

"종 치는 거 보러 간대요. 네, 31일 아니어도 그런 데가 있대요." 루미가 가벼이 한숨을 쉬었다. "가봐야 알죠. 아빠, 저 배터리가 별로 없어서 끊어질 수도 있어요. 이따가 통화가 안 될 수도 있다는 거 기억해두세요."

현은 통화를 마친 후에 길게 숨을 몰아쉬는 루미의 어깨를 두드려주었다. 휴대전화의 전원을 꺼서 가방 안에 넣으며 루미는 생애 첫 데이트 때가 기억난다고 했다.

"우리 아빠라고 매일 이러는 건 아니거든."

"당연한 거 아니야? 너야 뭐 평소에는 어디 딴 길로 안 새고 일 마치면 장 봐서 재깍재깍 집에 들어갈 테니까."

"맞아." 루미가 실소했다. "그때가 나 대학교 2학년 때였을 거야. 전화가 자주 오기는 했지만 통화가 길어지지는 않아서 그냥 오는 대로 받았더니 데이트했던 동기가 나더러 자기니까 해주는 얘기라고 잘 들으라면서 나보고 은근히 사회성이 달리는 면이 있다는 거야. 다른 사람도 아니고 걔가 그런 말을 한 게 좀 충격이었어. 먼저 만나달라고 한 사람도 그렇게 볼 정도면 실제로는 얼마나 심각한 수준일까 싶어서."

"먼저 만나달라고 할 땐 언제고 지적질하는 싸가지 좀 봐라. 그런 새끼는 아주 지네처럼 말라 죽어야 되는데."

"뭐? 지네처럼?" 루미가 웃음을 터뜨렸다. "너 전에도 그런 말 한 적 있었지 참."

"다 할 만해서 했겠지. 내가 이유 없이 욕하지는 않거든."

"그래, 그랬을 거야."

"아무튼 미스터리라니까. 돌대가리들도 가스라이팅 할 때 보면 어쩜 그렇게 아이큐가 두 배씩 뛸까?"

"그럼 네가 보기에는 나 괜찮아?"

"야, 네가 어때서. 사회성이 모자라 봤자 나보다는 훨씬 낫겠지. 난 눈치가 없어서 벌써 인생 한번 말아먹은 사람이잖아. 엊그제도 십수 년 만에 만나자마자 만취해서 그 난리를 피웠고."

현은 거짓말을 했다. 그날 첫차 시간이 가까워지도록 루미와 대화를 나누는 동안에도 만취 상태까지 가지는 않았다. 욱해서 루미의 아빠에게 일갈한 후에 스스로 또 한 건 했구나 싶어서 마시는 속도를 조절했으므로. 문제는 그렇게 신경을 썼건만 결국에는 창피스러운 순간을 만들었다는 점이었다.

자정쯤 벌인 일을 생각하면 현은 한숨이 절로 나왔다. 취기가 올라서는 별안간 루미에게 지금 반희의 번호로 딱 한 번만 연락을 해달라고 졸랐던 것이다. 시간이 늦었다며 곤란해하는 루미에게 집요하게 조른 결과 루미가 걸어도 반희의 휴대전화에서는 고객의 사정으로 착신이 정지된 번호라는 안내음이 나온다는 사실을 확인할 수 있었다. 그러고 나서야 역시 반희가 자기만 떠밀어둔 게 아니라는 안도감을 느꼈다. 동시에 안 그래도 연락에 시달리며 사는 루미에게 피곤하게 군 행태가 창피스러웠으므로 현은 오늘 반드시 그날의 추태를 만회할 셈이었다. 그날 새벽에 루미가 궁금하다던 길상사에 데려가기 위해 오랜만에 차를 빌렸고 데리러 오는 길에는 저녁 식사를 할 곳까지 예약해두었다.

땅거미가 지고 있는 경내로 들어서며 루미는 별다른 용건 없이 절에 와보기는 처음인 것 같다고 했다. 루미에게는 무엇이든 대체로 처음이 아니면 아주 오랜만의 경험이구나 싶었다. 현은 한숨을 삼키며 평소에는 절에 무슨 용건으로 방문했느냐고 물었다.

"아, 그냥……. 여기 자주 왔으면 너는 불교 믿나 보구나." 루미가 딴청을 피웠다.

"딱히 종교를 가진 건 아니고, 그냥 신들하고 가급적 두루두루 친하게 지내려고 해."

"친하게 지낸다고?"

"엊그제 얘기했잖아. 나도 한때 운명의 신이었다고."

"아, 데뷔작에서?"

"응. 몇 신 안 나오기는 했지만 한 번은 만신의 딸 역할도 했었고. 그러고 보니까 그 영화 같이했었던 선배가 여기 알려줬었다."

선배의 손에 이끌려 처음으로 방문했을 때는 초파일 즈음으로 시선이 향하는 곳마다 색색의 알사탕 같은 연등이 반짝이고 있었다. 초가을에 와서는 고요한 경내 한편에 형형한 붉은빛으로 군락을 이룬 꽃무릇을 보며 얄궂다는 생각을 하기도 했다. 그토록 빛과 색으로 가득한 때와는 거리가 먼 한겨울임에도 굳이 찾아온 이유는 어느 계절이든 변함없이 오후 여섯 시가 되면 범종이 울리는 모습을 볼 수 있어서였다.

몇 해 전 늦가을에 단풍 구경을 왔다가 우연히 타종을 가까이에서 지켜보게 되었을 때, 현은 미지의 행성에 막 착륙한 누군가가 첫발을 내디딘 순간을 떠올렸다. 족히 성인의 키를 넘어서는 육중한 종에서 파생된 울림이 피부로 전해지는 느낌이 강렬한 기억으로 남았다. 울림의 여운이 끊이지 않고 이어지며 타종하는 시간이 10분가량 된다는 점도 마음에 들어서 올 한 해는 기다림에 지칠 때면 여러 차례 범종 앞에 섰다. 10분은 간절하게 원하는 한 가지 일을 필사적으로 곱씹기에 알맞은 시간이었다. 지나치게 짧지도 길지도 않은 그 시간에 현은 오직 자신이 기다리고 있는 일에 관해서만 되뇌었다.

아역 배우 시절부터 이골이 나도록 겪었건만 기다림이 휘두르는 힘은 여전히 막강했다. 작년에 이미 촬영을 마친 장편 복귀작의 극장 개봉을 1년 넘게 기다리며 이십대의 마지막 한 해를 보내는 현은 움츠러들다 못해 쭈그러들다가 이를 악물고 마음을 다잡기를 반복했다. 결국 최종적으로 결정된 개봉일은 해가 바뀐 후에도 한 분기를 더 지난 봄으로 잡혔으므로 그때까지는 되도록 기다리는 일에 매몰되지 말고 현재에 충실하자고 수도 없이 되새겼다. 마음이 소란스러워지면 눈앞에 보이는 빛과 색에 더 지긋한 시선을 주었고, 듣고 있는 음악의 선율에, 입고 있는 옷의 감촉에 집중해보았다. 취미반이건 입시반이건 학생들을 가르치는 시간에는 성의를 다했고, 넘보는 게 무모하다 싶은 역의 오디션에도 제 발로 찾아갔다. 안부가 궁금한 사람에게는 미루지 않고 연락했으며 연락이 끊긴 반희의 행방을 수소문하기 위해 루미에게도 찾아갔다. 그러다가도 못 견디게 불안감이 차오르면 이곳을 찾았다.

 딱 10분간, 다른 모든 일은 제쳐두고 지금까지의 기다림이 결코 헛되지 않은 형태로 세상에 드러나도록 해달라고 요구했다. 신에게 애걸복걸하며 빌었더라면 그만 지쳐 나가떨어졌을 것이므로 그러지 않기를 잘했다고도 생각했다. 그래서 루미에게도 종이 울리기 시작하면 뜻하는 바를 이르며 당당하게 요구하라고 말했다.

 "요구라니, 너는 정말 신하고 친하게 지내는가 보다."
루미가 희미한 미소를 지으며 대꾸했다.

 여섯 시 정각이 되자 종루 안에 선 스님이 길쭉한 당목을 뒤로 당겼다가 밀며 타종을 시작했다. 범종에서 발생한 울림이 차디찬 대기를 타고 번져와 몸 안으로 층층이 스며드는 것 같았다. 그러는 동안 현은 이제 더 이상 기다림에 불안해하지 않으리라고 한 번 더 다짐했다. 잦아들 만하면 다시금 퍼져 나가는 종소리의 파동을 가슴 안쪽이 저리도록 흡수하면서 잡생각을 떨쳐내기 위해 눈을 부릅떴다. 그러고는 두 눈에 맺힌 눈물도 내버려두고, 시린 두 귀의 감각도 제쳐두고서 봄이 되면 세상에 나올 복귀작만을 생각했다. 복귀작을 준비하며 처음으로 짧게 친 머리칼과 새로 배운 피아노와 수어를 떠올렸다. 피아노 연주에 능숙해지기까지 몸에 무리가 가도록 연습하던 일에 관해 생각하자 또다시 왼쪽 손목이 시큰거렸지만 개의치 않았다. 통증 따위 기다림의 무게에 비하면 아무것도 아니었다. 따라서 이 기다림의 끝은 의미가 있어야만 했다. 신이 있다면 그 점을 반드시 알아줘야만 했다.

여느 때보다 더 긴 듯한 10분이 흐른 후 차 안으로 돌아오자 냉기로 바싹 굳은 몸이 한순간에 풀어지며 손끝과 발끝에 찌릿하게 저리는 느낌마저 들었다. 루미에게 담요를 건네며 직접 와보니 어떠냐고 묻자 돌아온 대답은 고맙다는 말뿐이었다. 저녁을 먹으러 간 식당에서도 한동안 멍하게 허공을 바라보던 루미는 따스한 물 한 잔을 마신 후에 기운 빠진 목소리로 아빠가 느끼는 불안함도 어떤 면에서는 이해한다며 말문을 열었다.

"우리 엄마는 원래 아이를 가질 생각이 없었대. 아빠도 딩크로 살자고 약속해놓고는 결혼한 다음에 마음이 바뀌어서 엄마를 설득했나 봐. 그런데 나를 낳고 나서 내내 엄마 몸이 안 좋았다가 결국 얼마 더 못 사셨으니까 얼마나 죄책감이 크겠어."

"설마 너한테 대놓고 그런 얘기를 다 한 거야?"

"직접 하지는 않았어. 어릴 때 친척들이 나 자는 줄 알고 하는 얘기가 들린 거지."

"아무튼, 그 일로 너희 아빠가 너한테 집착한다고 뭐가 나아지는데?"

"그건 내가 어릴 때 유괴당할 뻔한 적이 있어서 그런 것 같아. 풀장에서 모르는 어른을 따라갔다가 밤늦게 돌아와서 온 동네가 뒤집어졌었대. 나는 기억이 잘 안 나지만."

"큰일 날 뻔했네."

"모르겠어. 내가 기억하는 건 수영장에서 너희 엄마는 어디 있냐고 묻는 목소리랑, 나중에 강아지랑 한참 논 기억밖에 없거든. 엄마 어디 있냐고 물어본 사람이 진짜 유괴를 시도했다가 마음이 바뀐 건지, 아니면 내가 엄마 없다고 하니까 길을 잃어버린 줄 알고 같이 좀 있다가 데려다주려고 한 건지 알 수가 없어. 아무튼 그즈음에 유괴 사건이 많았던 건 사실이니까 아빠가 엄청 식겁했었나 봐. 엄마도 없는데……. 나까지 잃어버릴까 봐."

"그거 다 20년도 전에 일어난 일들인 거 알지?" 노기 띤 현의 목소리가 딱딱하게 굳었다. "20년 동안, 너는 이렇게 컸는데, 너희 아빠는 계속 그 상태라는 게 말이 되느냐고."

"안 되지." 루미가 선선히 인정하더니 눈가에 맺힌 눈물을 손끝으로 재빨리 닦아냈다. "그래서 조금 전에 범종 앞에서도 아빠 생각을 했나 봐. 우리 아빠를 좀 도와달라고. 그리고 돌아서서 올 때야 알았어. 아, 내가 또 내내 아빠 생각만 했구나, 하고. 여기까지 왔는데 내 일은 하나도 생각 못 했던 거 있지."

루 미

"보시다시피 우리 애가 이렇게 고도비만이라서 상담을 좀 받으러 왔어요."

모녀가 병원 문을 열고 들어온 순간부터 루미의 시선은 딸 쪽으로 향했다. 그녀의 엄마가 일컫듯 남다른 체형 때문은 아니었다. 전에 마주친 적이 있는 것 같아서였다. 엷게 우린 차처럼 흐릿한 갈색 머리칼과 큼직한 뿔테가 눈에 익었다.

"저희 병원에는 처음 오셨나요?"

"저는 온 적 있는데, 얘는 처음 데려오네요."

그렇다면 딸을 병원에서 본 것은 아닌 모양이었다. 어쨌거나 '고도비만'이라고 지칭된 순간부터 병원 안의 이목이 집중된 환자의 얼굴을 자신마저 흘끔거릴 수는 없었으므로 루미는 잠자코 초진용 접수증을 건넸다.

"고도비만은 질병이라는데 부모가 돼가지고 자식이 아픈데 손 놓고 있을 수는 없잖아요."

새해 첫 진료를 시작하는 날부터 딸의 손을 붙잡고 온 사람답게 단호한 어투였다. 반면 접수증을 작성하기 위해 대기석으로 향하는 딸의 얼굴은 손끝으로 톡하고 건드리기만 해도 바스러질 듯했다. 기운 없는 걸음걸음마다 가족의 성화에 못 이겨 겨우 병원에 끌려온 사람 특유의 풀 죽은 기색이 역력했다. 그 점이 못내 신경 쓰였는지 엄마 쪽은 달리 묻지 않은 이야기를 주절거렸다. 우리 애가 결코 남들보다 많이 먹지는 않고, 어릴 때부터 유기농으로 골라 먹이며 귀하게 키웠는데도 이 모양이니 현대 의학의 도움을 받지 않을 수 없다고.

"그 비만 상담받으러 온 딸, 어디서 본 것 같지 않아요?"

모녀가 올 때보다 더욱 수심이 깊어진 얼굴로 병원을 빠져나간 후에 점심을 먹으러 와서는 김 선생이 말했다.

"네. 선생님도 그러셨군요."

루미가 맞장구치자 김 선생은 기억을 더듬어보듯 시선을 허공에 둔 채 잠깐 말이 없었지만 이내 포기한 듯 국그릇이 넘치도록 밥을 말기 시작했다.

"옛말에 괜히 무자식 상팔자라고 하는 게 아니랍니다. 어떤 집 자식은 옆으로만 퍼져서 걱정, 우리 딸은 그놈의 다이어트에 미쳐서 저녁마다 쫄쫄 굶어서 난리."

"리원이 아직 초등학생 아니었어요?"

"4학년 되고부터 그래요. 엊그제는 뭐라는 줄 알아요? 자기가 엄마 닮아서 상체에 살이 많은 거니까 나더러 책임감을 가져야 된대요. 올해 자기 생일 선물로 다이어트 한약을 지어달라나. 내가 독재자였으면요, 55킬로그램 이하는 유튜브고 릴스고 아무 데도 못 나오게 했을 거예요. 아니다, 60으로 해야지."

아마 그런 세상이 온다면 현은 배우 일을 하기 위해 다시금 식단을 바꾸리라고 루미는 생각했다. 연말 휴가 동안 몇 차례나 지켜본 현의 식사는 맛있는 적정량의 단백질과 지방 그리고 다소 놀랄 만큼 풍성한 양의 야채가 주를 이루었던 것이다. 함께 샤브샤브 식당에 갔을 때에는 쟁반 하나를 가득 채울 만큼의 야채를 추가하는 대신 마지막 코스인 칼국수는 한 젓가락도 입에 대지 않는 식이었다. 엄청난 자제력이라고 감탄하자 고등학교 때 자신이 굶던 일이 기억나지 않느냐고 현이 반문했다. "그때 비하면 지금은 천국이야. 나 요즘 먹는 낙에 살잖아.

키토 식단 연구한 사람들 노벨상 줘야 돼."

길상사에서 나와 현이 데려간 식당에서 루미는 현이 먹는 낙에 산다는 말을 수긍할 수 있었다. 불판 앞에 선 직원은 처음 이곳의 한우를 먹었을 때 눈앞에서 폭죽이 터지는 기분이었다는 현의 칭송에도 덤덤했다. 호들갑스러운 반응에 익숙한 양 보일 듯 말 듯한 은근한 미소만 짓고 있던 그가 앞 접시에 놓아준 소고기는 실로 맛뿐만 아니라 익힌 정도까지 흠잡을 데가 없었다. 적당한 두께로 씹는 맛이 있으면서도 살살 녹는다는 말에 부합할 만큼 부드러웠고, 육향이 입안을 가득 채우도록 맛과 향이 농밀했지만 지나치게 기름지지는 않았다. 이 집은 맛뿐만 아니라 배기관 관리도 철저해서 옷에 연기 냄새가 밸 일이 없다며 또 오자는 현의 말에 허겁지겁 고개를 끄덕인 후에는 민망함에 웃음을 터뜨리게 되었다.

다만 한 가지 안타까운 점이 있다면 연말 휴가 동안 현이 권한 것 중에서도 첫손에 꼽히는 식사를 마치고서 탈이 났다는 점이었다. 현은 이상이 없다는데 어째서 혼자만 탈이 났는지 의아해하며 화장실을 들락거리는 사이에 루미에게는 뜻밖이라고 할 만한 일이 한 가지 더 일어났다. 방에서 나온 아빠가 아직 문 연 약국이 있는

지 둘러보겠다며 집을 나선 것이었다.

아빠가 돌아온 것은 그로부터 30여 분 후였다. 약국이 딱 한 군데 열었더라며 아빠는 알약과 두 종류의 드링크 타입 소화제가 든 봉투를 건넸다. 다른 손에 든 봉투에는 '덕이네'라는 로고가 보였다. 나간 김에 비빔국수를 포장해 왔다고 했다.

"아까 들어올 때 뭐 사갈까 여쭤봤을 때는 입맛이 없으시다면서요."

"아까는 식욕이 없었어. 국수야 술술 잘 들어가니까 나간 김에 샀지."

소화제를 들이켜자 얹힌 느낌이 한결 가셨다. 비빔국수를 씹어 삼키는 아빠를 바라보면서 루미는 묘한 기분이 들었다. 약을 사다 주겠다고 먼저 나서서 약국에 다녀오고 아빠 혼자 식당에도 들르다니. 이만하면 사는 게 전보다는 한결 나아졌다는 생각을 하지 않을 수 없었다. 묵은쌀이 든 포대에서 벗어나자마자 이어졌던 두문불출의 시기에 비하면, 빌다시피 해서 병원에 데려간 후에도 우울증 약 복용을 두고 실랑이를 벌여야만 했던 그때에 비하면 지금 상황은 꿈만 같은 것이었다. 설마 절까지 찾아가서 덜덜 떨며 기도드린 일이 벌써 효험을 나타내기라도 한 것일까. 만약 그렇다면 진작 얼마든지 기꺼이 떨고 빌고 앓았을 텐데. 하지만 다음 순간에는 무언가 좀더 근본적인 이유가 있으리라는 생각이 들었다. 루미는 국수가 담긴 그릇을 남김없이 비운 아빠를 응시하며 고개를 갸웃했다. 무엇일까. 무엇이 아빠를 자연스럽게 집 밖으로 이끌어냈을까.

그 점에 관해 골몰할수록 루미는 아빠에 관해 터놓고 이야기를 나눌 만한 사람이 없다는 사실을 깨닫게 되었다. 성인이 된 이후에 만난 사람에게는 집안 사정을 굳이 밝히지 않았으므로 실은 당연한 일이었다. 창피스러워서 꼭꼭 숨기려 한 것은 아니었다. 다만 자신의 부모가 가진 사정이 적당히 원만한 관계로 지내는 사이에서 논하기에 부담스러운 주제라고 여겼을 뿐이다. 그리하여 가족과 관련된 화제가 나오면 루미는 미소만 짓게 되었다. 현이 데려간 고깃집에서 불판 앞에 선 직원이 보인 것처럼 의미 없이 은근한 미소만을.

"안 그래도 독재자가 다시 나오게 생겼는데 농담이라도 독재자 소리는 너무 갔네, 내가." 김 선생이 헛웃음을 지으며 루미 쪽으로 달걀말이가 담긴 그릇을 밀어 주었다. "왜 이렇게 못 먹어요. 심 선생도 다이어트 해요?"

 루미는 미소 띤 얼굴로 고개를 저었다. 고작 열 살 난 딸이 가녀린 아이돌을 선망하여 툭하면 저녁을 굶는 일을 지켜보노라면 애가 탈 테고, 식사를 거르는 자녀를 돌보는 일의 무게에 대해서는 겪어보지 않은 이가 쉽게 말할 수 없을 것이다. 그럼에도 그 고민은 동료와 점심 식사를 하면서 툭하고 던질 수 있는 화제에 속하지만 환갑이 다 된 아빠가 집에만 틀어박혀 있는 문제는 그렇지 않았다. 어째서 그러한지 누군가 묻는다면 고민의 무게나 크기가 달라서가 아니라 색채가 달라서라고밖에는 말할 수 없을 것이다. 어쨌거나 루미는 이번에도 불쑥 자기 집 사정을 꺼내놓을 수 없었다. 점심 식사 후에는 다시금 속이 불편해서 자디잔 환으로 된 소화제를 한 움큼 가까이 삼켰다.

 현은 대화 상대가 필요하면 언제든 자기한테 연락하라고 말했지만 취기에 던진 말을 덥석 붙잡는 것은 뻔뻔한 일 같았다. 그러나 한 주가 다 지나가도록 달리 아빠에 관해 얘기해볼 만한 사람이 떠오르지 않았으므로 루미는 그 주 토요일 낮 퇴근길에 현에게 메시지를 보내게 되었다. 뭐하느냐고 썼다가 지우고 어디에 있느냐고 썼다가 다시 지운 뒤에 바쁘냐고 물었다. 조금이라도 망설임을 내비치는 답이 오면 선선히 물러날 생각이었다. 다행히 메시지를 읽자마자 현이 곧장 보내온 답에는 바쁜 일이라고는 하나도 없다고 적혀 있었다.

전혀.

하나도 안 바쁘고,

그냥 속상하고 쓸쓸해.

루미야, 사람이 이렇게 쓸쓸할 수가 있을까.

현

 실내에 흐르는 음악이 피아노곡으로 바뀐 것은 거리에 흩날리던 눈발이 굵어져 하나둘 우산을 쓴 사람이 보이기 시작할 때였다. 가파른 굴곡 없이 감미로운 선율이 스산한 바람을 막아주는 머플러나 털신처럼 피부에 밀착하며 와닿았다. 연주가 유달리 촉각적으로 느껴지는 것은 통유리창 밖으로 흩날리는 눈의 영향일까. 혹은 연주자의 역량이 탁월한 덕일까. 3층 주택을 개조하여 만든 카페 2층의 가장 구석진 방에 홀로 앉은 현은 잠시 생각에 잠겼다. 어쨌거나 포근한 피아노의 선율에 기대어 눈이 내리는 풍경을 바라보는 동안 비로소 밑바닥까지 굴러떨어졌던 기분을 끌어올려 웃는 낯으로 루미를 맞을 수 있게 되었다. 그 점만큼은 분명했다.

"역에서 왜 이렇게 먼 데서 보자고 하나 싶었을 텐데 와보니까 이유를 알겠지?" 현이 루미의 한쪽 어깨 위에 남아 있는 눈을 털어주며 말했다. "눈 그칠 때까지 여기에서 좀 있다가 나가자."

루미는 현의 부은 눈에 관해 알은척을 해야 할지 말지 망설이는 듯 어색한 미소를 지으며 자리에 앉았다. 때마침 메뉴판을 가지고 들어온 훈의 입에서 "처음 뵙겠습니다"라는 인사가 나오자 이번에는 루미의 얼굴에 물음표가 떠올랐다.

"나랑 결혼할 남자." 현이 훈을 턱짓으로 가리키며 말을 이었다. "자기야, 얘는 내 친구 푸름인데 루미라고 부르면 돼. 그런데 메뉴판만 가져온 거야? 청첩장을 가져와야지."

알았다며 나가더니 도로 들어와서는 물잔만을 건네는 훈을 보면서도 루미는 여전히 혼란스러운 표정을 짓고 있었다.

"그럼 오늘은 청첩장을 주려고 만나자고 했구나."

"그걸 또 믿었어? 다 부질없는 짓이라 내가 연애도 쉬고 있는데, 결혼은 무슨. 얘는 그냥 옛날에 한 이불 좀 덮던 사이야. 나 맥반석 시절에."

"맥반석?" 루미가 되물었다.

"계속 그러니까 루미 씨 곤란해하시잖아." 훈이 짐짓 나무라듯 말하며 루미를 향해 미소 지었다. "저희가 어릴 때 같이 주말 드라마에 나온 적이 있거든요. 제가 동생 역할이었어요. 현이나 저나 좀 하얀 편인데 배경이 시골이기도 하고, 다른 형제자매랑 피부 톤을 맞춰야 된다고 그래서 둘 다 피부를 바싹 태워서 나갔다고 맥반석 시절이라고 그래요. 저, 그럼 메뉴 보시고······."

현이 훈의 말허리를 잘랐다. "어디 벌써 가려고 그래. 잠깐만 있어 봐. 내가 이런 모먼트를 얼마나 좋아하는데."

"왜, 또." 훈이 싱긋 웃었다. "성희롱할 게 아직도 남았어?"

"아우, 저, 세상 훈남인 척하는 것 좀 봐. 루미야, 얘 이러는 거 보는 게 내 길티플레저야. 가증스러움이 아주 탄산처럼 팡팡 터지지 않니?"

루미의 입에서 픽하는 웃음이 새어 나왔다. 훈은 못 말린다는 듯 고개를 젓더니 루미 옆쪽 의자에 걸터앉았다.

"들어올 때만 해도 다 죽어가더니. 도대체 오디션에서 무슨 일이 있었기에 이렇게 기분이 극단을 달리는 거야.

응? 들어나 보자."

 몇 분 전에 간신히 빠져나온 진창에 다시 몸을 담그기 싫어서 현은 길게 말하고 싶지 않았다. 그리하여 말을 고르는 사이에 눈에 띈 것이 여전히 어리둥절한 얼굴을 한 루미가 훈의 옆모습을 흘끔거리는 모습이었다. 눈이 마주치자 자기도 모르게 시선이 훈에게 향해 있었다는 점을 깨달았는지 루미는 퍼뜩 놀라며 황급히 물잔을 손에 쥐었다.

 그간의 숱한 경험으로 인해 훈 역시 루미의 시선을 알아챘으나 적정한 양의 담담함과 우아함을 안배하여 내색하지 않고 있을 것이다. 그는 거리에서 마주 오던 사람이 입을 벌리고 뒤 돌아볼 정도로 대단한 미남은 아니었다. 다만 불쾌함을 담은 요소라고는 한 방울도 섞지 않고 빚어진 생물체처럼 마주 앉은 사람의 마음을 더 밝은 쪽으로 이끄는 에너지를 내뿜었다. 이목구비는 단정했고 눈빛에는 선량함이 배어 있었다. 늘 바른 자세를 유지했고 누구에게나 공손했으며 미소는 환하게 빛났다.

 어떤 프로듀서는 훈을 두고 눈썹 한 올 비뚤게 난 구석이 없다고 말했다. 어쩌면 남자애가 이렇게 곱게 생겼니, 하는 말을 들을 때마다 1센티미터씩만 크면 거인이 되리라고 농담하던 선배도 있었다. 하지만 어릴 때부터 체구가 작아서 동갑인 현의 동생 역을 맡았던 그의 키는 결국 성인 여성의 평균 키를 고작 몇 센티미터쯤 웃도는 선에서 멈췄다. 현이 겪었던 몇 달 새 인상이 바뀔 정도로 키가 크며 성장통을 앓는 시기가 그에게는 찾아오지 않았다. 그리하여 멜로물의 주인공 아역을 맡은 적은 여러 번이지만 끝내 멜로물의 주인공이 되지는 못했다. 사극에서 세자 역할까지 소화했던 일이 무색하게 경력이 희미해지더니 그와 흡사한 이미지를 가졌으되 키가 20센티미터쯤 더 큰 신인이 나타난 후에는 설 자리가 없게 되었다.

훈은 어차피 부모님 손에 이끌려 한 일이라며 본인은 아쉬움이 없다고 했지만 현은 그 말을 곧이곧대로 들을 수 없었다. 설령 처음부터 스스로 염원하던 것이 아니었다고 한들 한동안 자기 차지였던 왕관을 빼앗길 때마저 "원래 제게는 과분한 것이었답니다" 하며 생글거리는 게 가능한 일일까. 그렇다고 그의 태도가 가식에 불과하다고 여기는 것은 아니었다. 그보다는 배우로 일할 기회를 잃은 그가 '아역 배우 출신 브런치 카페의 훈남 오너'라는 나름대로 그럴싸한 배역에 지나치게 몰입하고 있는 것처럼 보였다. 개업 후에 거의 쉬는 날도 없이 일하면서 진상 손님을 대할 때조차 미소를 잃지 않는 그를 보며 현은 안쓰럽게 여기는 한편, 질린다고 느끼는 순간도 있었다. 또한 아무리 가깝고 친한 사람이라도 거슬리는 면을 발견하면 어째서 그러한지 곰곰이 되뇌어보는 자신 역시 참 못 말리는 인간이라는 생각을 하기도 했다.

"이 정도 쇼트커트를 가지고 무슨 삭발하고 온 것처럼 유난을 떨길래 지난해 작업한 역할 때문에 잘랐고 이미지 변신이 되는 것 같아서 유지하고 있다고 했거든. 그랬더니 아역 출신이 아역 이미지 떼려면 그 정도 가지고는 안 된대. 검증된 화끈한 방법을 써야지, 하면서 아주 기가 막히게 더럽게 웃더라고."
"맙소사." 훈이 손으로 이마를 짚으며 중얼거렸다.
"속으로는 저런 인간들 다 지네처럼 말라 죽어버려라 부득부득 이를 갈면서 못 알아들은 척했어. 내가 원래 눈치 없는 거로는 한 획을 그은 사람이잖아."
"또 그 소리." 훈이 자리에서 일어나더니 현의 어깨를 토닥이며 말했다. "뭐 한 잔 더 줄까? 아니면 디저트 하나 가져다줘? 시즈널에는 딸기가 들었으니까 티라미스로?"

현은 고개를 저었다. "피아노곡 나온 김에 신청곡이나 하나 틀어주라. 〈왼손을 위한 피아노 협주곡〉 손열음 연주로."

"그거 거의 20분이나 되는 곡이라 카페에서는……."

저어하는 훈의 말을 물리치고자 현은 두 손으로 귀를 틀어막고 "안 들려, 안 들려, 안 들려" 하고 반복했다. 그러자 훈은 완성된 디저트 위에 흩뿌린 슈거파우더 같은 미소를 남긴 후 자리에서 물러났다. 곧이어 〈왼손을 위한 피아노 협주곡〉이 흘러나왔다. 역동적인 기교를 선보이며 건반 위를 누비는 왼손을 따라 들썩거리는 연주자의 어깨와 상체의 움직임이 눈에 선한 그 곡을 듣는 사이에 눈이 그치자 창밖으로 보이는 거리가 환했다. 걷고 싶은 기분이 들었다. 주말이지만 조용하게 쉴 수 있는 곳이 한 군데 떠올랐는데 함께 가겠느냐고 묻자 루미가 자리에서 일어나 외투에 팔을 꿰었다.

서소문성지 역사박물관의 가로변이 길고 낮은 벽돌 건물은 고층 빌딩 사이에 뭔가를 감추고 시침을 뚝 떼고 있는 듯한 모습으로 자리했다. 현에게 이곳을 알려준

이는 박물관의 명칭과 같은 '성지'라는 이름을 가진 동료였다. 팬에게 전해 듣고 궁금해하면서도 아직 와본 적 없다는 성지와 달리 현은 고요함을 찾아 이미 여러 차례 이곳을 방문했다.

처음 왔을 때는 지하 1층에 위치한 도서관에서 한 시간쯤 머물렀다. 두 개의 벽을 감싸는 책장 옆으로 늘어선 다섯 개의 4인용 책상은 텅 비어 있었고 현은 스타니슬랍스키의 《배우 수업》과 프리다 칼로의 일기를 엮은 책을 번갈아가며 읽다가 성물 판매 코너 한구석에 놓인 민트빛 유리 공예품을 사가지고 왔다.

바깥에서 봐서는 짐작할 수 없는 박물관의 너비와 폭을 제대로 느끼게 된 것은 그로부터 한 계절 후의 일이었다. 지하 3층까지 이어지는 건물 내부는 완만한 경사의 긴 통로와 계단으로 이어져 있었다. 조선 후기에 천주교를 받아들인 후 신앙을 져버리는 일을 거부한 대가로 처형된 순교자들을 기리는 건물답게 무덤 안으로 들어가는 것 같은 느낌을 주는 길이었다. 따라서 걸음을 내디딜수록 마음이 차분해지는 길이었는데 오브제와 미디어아트가 곳곳에 배치된 공간의 특성으로 인해 어둡게 가라앉지는 않았다. 따라서 무덤이되 빛이 드는 무덤, 미로처럼 탐색을 요하는 무덤 속 같은 박물관 안에서 현이 가장 아끼는 곳은 맨 아래층에 위치한 '위안의 공간'이었다.

공간 전체를 아우르는 조명 없이 멀찍이 한쪽 벽에만 창을 내고 어스레한 간접 조명으로 조도를 낮춘 그곳에는 늘 아련한 성가가 흐르고 있었으며 사면을 둘러싼 화면에서는 수묵화처럼 흐릿한 색감의 영상이 흘러나왔다. 파도와 구름, 눈처럼 떨어지는 낙엽을 바라볼 때면 현은 늘 그대로 잠들고 싶은 유혹을 느꼈다.

"그러게. 여기에서 한잠 자고 갈 수 있으면 좋겠다."

루미가 속삭이는 사이에 화면 속에는 무채색의 연꽃이 떠올라 꽃송이가 둥글게 부풀어갔다. 둘은 등받이가 없는 의자에 딱 붙어 앉아서 한동안 그곳에서 있다가 건물 밖으로 나왔다. 루미는 겉옷을 단단히 여미더니 고개를 갸웃하며 어디에서 종소리가 나는 것 같지 않느냐고 말했다.

"기찻길에서 나는 거야. 여기가 서울역이랑 가깝잖아. 이 앞으로 조금만 가면 기찻길이 있는데 가볼래?"

현과 루미는 막대 사탕처럼 하양과 빨강이 섞인 건널목 차단기 가까이에 서서 KTX 열차가 지나가는 모습을 지켜보았다. 유선형의 머리부터 긴 열차의 몸체가 시야를 벗어나기까지 내내 댕, 댕 하고 울리는 경고음을 들으며 현은 실제로 경험한 적 없는 일을 추억했다.

유년기의 한 시기에 해 질 녘이면 이렇게 건널목 앞에 멈춰 서서 기차가 지나가기를 기다린 적이 있었던 것만 같은 기분에 젖었고, 그럴 때면 누군가의 어깨 너머로 지는 노을을 하염없이 바라봤던 것만 같은 느낌이 들었다. 지금껏 여러 차례 이사를 다녔지만 기찻길이 있는 동네에 산 적 없으므로 분명 겪은 적 없는 일이었다. 실제로 경험한 적 없는 일을 마음속에 살그머니 심어둔 것은 과거에 보았던 영화임에 틀림없었고, 새삼스레 영화란 얼마나 다정한 것인가 싶어서 코끝이 찡했다. 업계에는 굉음을 내고 터지며 사방에 파편을 남기는 폭탄 같은 인간들이 여전히 뒤섞여 있지만 그들이 전부는 아니며, 전부가 되게 할 수도 없다고 현은 생각했다. 두 눈을 부릅뜨며 이제 곧 봄이라고, 봄은 곧 온다고 되뇌었다.

"저녁에는 비싸도 맛있는 걸 먹자. 언니가 쏠게." 건널목 차단기가 올라간 후 현이 루미의 팔짱을 끼며 걸음을 재촉했다. "먹다 보면 아무 생각 안 나고 흑역사도 잊을 만한 걸로. 알잖아, 내가 어릴 때 어떻게 망했는지."

"어떻게 망했는데?"

현은 놀라 걸음을 멈췄다. "뭐야, 너는 그게 무슨 얘긴지 모르는 거야?"

"아마……. 네가 얘기해준 적이 없을걸?" 루미가 자신 없다는 듯 되물었다.

"그야, 내가 직접 말한 적이야 없긴 하지만 네이버에 내 예명만 쳐봐도……." 현이 중얼거렸다. "가십 같은 데 관심 없는 사람도 어딘가 있기는 있다더니 그게 너 같은 사람을 두고 하는 말이었구나."

루 미

"속 끓여봤자 우야겠노, 그게 다 팔자소관인기라."

'맥반석 시절'이라던 때 현의 얼굴은 과연 가무잡잡했다. 두 눈은 초롱초롱하다 못해 형형하게 빛났다. 당시에 현은 고작 일곱 살이었다. 동생 역의 훈도 마찬가지였지만 연기력의 차이는 상당했다. 가난에 따르는 설움으로 훌쩍이는 장면에서 찡그린 얼굴로 겨우 어깨만 들썩거리는 훈과 달리 그의 어깨를 토닥이는 현은 부들부들 떨리는 턱에 힘을 주며 당장이라도 쏟아질 듯한 눈물을 삼키는 연기를 흠잡을 데 없이 해냈다. 출신지도 아닌 지역의 사투리로 체념 조의 대사를 내뱉는 모습 또한 자연스러워서 감탄을 불러일으켰다.

드라마의 명장면을 모아둔 다른 영상에서도 현은 나

이에 어울리지 않게 세상을 달관한 듯한 대사를 입에 올리기 일쑤였다. 훈이 설명하기를 현이 맡은 역할이 노인처럼 구는 이유는 4남매 중 셋째로 태어나 돌을 지난 후 3년간 외할머니의 손에서 자란 전사를 가지고 있기 때문이었다. 드라마의 첫 화에서 본가로 돌아온 셋째는 부모의 사랑에 목말라 있지만 처한 상황은 결코 녹록지 않았다. 장녀는 반에서 1등을 도맡는 우등생에 차녀는 병약하여 부모의 아픈 손가락이며, 막내는 유일한 아들인 상황이었기 때문이다.

시장 한 귀퉁이에 있는 국밥집을 운영하며 새벽부터 일에 치이는 부모 곁에 알짱거리며 사소한 일이라도 자기가 한 일은 자기가 했다고 밝히고, 여기에 있는 자기를 봐달라고 안달복달하는 꼬마. 게다가 할머니의 탈을 쓴 아이라는 역은 언뜻 보아도 연기하기가 쉽지 않을 것 같았지만 어린 현은 배역에 감쪽같이 녹아든 모습이었다.

"언니가 한 거 아이다. 언니는 누워만 있었다! 내가 했다 아이가, 내가!"

아픈 둘째를 칭찬하는 엄마 앞에서 발을 구르며 우는 신에서 현은 관절이 성치 않은 노인 특유의 바닥에 주저앉는 듯한 자세로 눈물을 쏟으며 가슴을 부여잡고 통곡

했다. 캐릭터뿐만이 아니라 연기력을 따져보아도 네 남매 중에 현이 가장 눈에 띈다고 말하자 훈도 동의했다.

"현이는 정말 타고났다고들 그랬으니까요. 이런 재능이 있었으면 저라도 포기하기 힘들었을 것 같아요."

훈의 어투가 미묘하게 가라앉는다 싶었지만 그는 이내 유튜브 세상에는 없는 게 없다며 새로운 검색어를 넣었다. "이게 그해 연말 시상식에 같이 나온 건데 보실래요?" 두 눈을 반짝이며 재촉하듯 묻는 훈의 모습에 보아주었으면 하는 기색이 뚜렷했으므로 루미는 고개를 끄덕였다. 현이 통화를 마치고 차 안으로 돌아올 때까지 훈과 나눌 말도 떠오르지 않았고, 애초에 둘이 함께 나온 드라마는 어떤 느낌이었느냐고 자기가 먼저 묻기도 했던 것이다. 대답을 듣자마자 훈은 부리나케 영상을 찾아 휴대전화를 건네더니 곧 설명이 필요하겠다며 운전석에서 내려 루미의 옆좌석으로 오기까지 했다. 눈에 띄게 들뜬 모습이었다.

"이거 보세요. 아역 연기자상을 남매 네 명이 공동 수상했어요."

빈촌의 아이들로 등장했던 극 속의 모습과 달리 앙증맞은 드레스와 슈트로 단장한 무대 위의 아이들은 투명한 날개를 펄럭이며 막 숲속에서 날아온 요정들 같았다. 성인 연기자와 마찬가지로 감사를 전할 스태프의 이름을 줄줄 외는 첫째의 소감과 눈물을 참기 위해 마이크를 두 손으로 꼭 쥔 둘째의 모습에 좌중은 웃음을 터뜨렸다. 어디까지나 애쓰는 어린아이를 귀여워하는 어른들의 반응이었다. 현의 경우는 달랐다. 네 명의 소감을 모두 들은 후에 사회자가 "네 명이 함께 있는 모습이 참 보기 좋은데요. 만약 딱 한 명이 받아야 했다면 누가 받았을까요? 누가 제일 잘했다고 생각해요?"라고 묻자마자 현은 망설임 없이 한 걸음 앞으로 나오며 사회자가 기울여주는 마이크에 대고 말했다.

"저요. 제가 잘해서 여기까지 온 것 같아요."

객석에서 환호와 웃음이 터져 나왔고 사회자는 머지않아 이 중에서 연예대상을 거머쥘 연기자가 나오리라 믿어 의심치 않는다며 박수를 유도했다.

"대상은 개뿔." 차 문을 연 현이 훈의 어깨를 잡아끌며 말했다. "야, 나와."

루미의 옆자리로 돌아온 현은 차창에 머리를 기대고 비스듬히 앉았다가 앞좌석의 등받이 쪽으로 상체를 기울이더니 다시 얼마 지나지 않아 양팔로 루미를 감싸며 몸을 기대왔다. 그러자 좀 살 것 같다고 했다.

"또 너무 쓸쓸해졌어?"

나직한 루미의 물음에 현은 겨우 들릴락 말락 한 음성으로 그렇다고 대답했지만 이내 루미의 팔에 이마를 문지르듯 고개를 저었다. 그러더니 포털 사이트에 아역으로 활동하던 당시에 사용하던 예명을 검색하여 화면에 떠오른 이미지를 루미의 얼굴 앞으로 내밀었다.

교복을 입고 있는 현은 주말 드라마 시절에 비하면 키가 몰라볼 만큼 커서 옆에 선 리포터와 엇비슷했다. 사진은 살짝 찌푸린 듯한 표정으로 캡처돼 있었는데 팔짱을 끼고 있는 상체 아래로 다 제가 잘해서요. 제 덕이죠. 라는 자막이 달린 모습이었다. 나란히 선 소년 아래로 모두 여러분의 사랑 덕분입니다! 라는 자막이 붙어 있는 것과는 대조적이었다.

"시상식 때랑 대답이 비슷하네?"

"어른들이 부추겼거든. 뻔한 대답하면 무슨 재미니, 쟤는 아이돌로 데뷔할 애지만 넌 진짜 배우가 될 사람이잖아, 그러면서. 나 그때 쑥쑥 커서 중학생 역할을 했지만 그래봤자 아직 4학년이었는데. 웃기지 않아? 4학년짜리한테 진짜 배우는 반항아 기질이 있어야 멋이 있다는 둥 그런 얘기를 뭣 하러 하느냐고."

"틀린 말은 아니지 뭐." 훈이 대꾸했다.

"틀리고 맞고가 뭐가 중요해. 나한테 해당되는 얘기가 아닌데. 어릴 때 다 내 덕이라고 나대도 먹힌 게 뭐 진짜 배우여서 그런 거야? 드라마 인기가 좋았고 어린애니까 귀엽게 봐준 거지. 다 큰 것처럼 보이는 여자애가 그러면 얄짤 없이 주제 파악 못 하는 비호감으로 찍히는데 자꾸 그러라고 부추기면 어떡하냐고. 안 그랬으면 나도 다른 애들처럼 겸손한 척하면서 방긋방긋 웃었을 텐데."

현은 눈을 질끈 감더니 자기는 어린애라고 봐주던 행동에 싸가지 없다는 낙인이 찍히게 되는 시점이 늘 궁금했다고 말했다. 마냥 귀엽다고 웃어넘겨주던 사람들의 얼굴에 미소가 걷히고 혀를 차게 되는 때는 도대체 언제부터였을까. 몇 살부터, 혹은 몇 살처럼 보일 때부터였나 하는 점이. 학창 시절에 종일 책상 위에 엎드려서는 그 점을 분명히 인지한 채 어린 시절로 다시 돌아가서 비호감으로 추락하지 않는 삶을 살고 싶다는 생각을 수도 없이 반복했다면서.

"얘는 그때 내가 구겨져 있는 꼴을 학교에서 매일 보고, 아역 배우라는 얘기도 들었다는데 포털에 내 이름한 번을 안 쳐본 거야. 어떻게 그럴 수가 있어? 응? 루미야 어떻게 하면 남이 망한 얘기에도 초연하게 관심을 안 둘 수가 있어?"

"망하긴 뭘 그렇게까지."

루미의 대꾸에 훈도 맞장구를 쳤지만 현은 마음을 어떤 식으로 다잡으면 그렇게 살 수 있느냐는 질문으로 돌아갔다. 루미는 적절히 대답할 말을 찾지 못했는데 굳이 말하자면 현과 같은 반이었던 그때 지금보다 여러모로 더 암울했던 집안 사정과 아빠의 상태로 인해, 즉 자신이 짊어진 문제로 인해 다른 사람의 사정은 안중에 없다시피 했기 때문이었다. 현은 종종 자신에게 반희와 닮았다고 했지만, 루미는 반희처럼 한 학기를 공유하는 전학생에게까지 온정적인 관심을 기울일 에너지를 가져본 적이 없었다. 애초에 학창 시절이건 사회인이 된 이후건 타인의 일에 그렇게까지 관심을 가져본 기억이 별로 없었다. 그런 면에서 보면 외려 자신의 상처를 곱씹느라 종일 엎드려 있던 시점에도 현수막 사건을 듣고 참견해주었던 현의 태도야말로 놀라운 것이었다고 루미는 생각했다.

"그래 뭐, 비결이 어디 있겠어. 타고나는 거겠지." 현은 돌연 덤덤한 어투로 그렇지 않은 내용을 말했다. "한국에도 말이야, 알고 보면 섬이 3천 개나 있다는 거 알아? 그러니까 무인도는 또 얼마나 많겠니? 우리 셋이서 확 같이 증발해버릴래?"

"지금 아니면 못 먹는 회 사준다고 해서 마감도 알바들한테 맡겨두고 나왔더니 갑자기 왜 이래, 무섭게?" 훈이 웃었다. "이번에는 또 무슨 전화를 받고 왔길래 그러는데."

"넌 회 사준다는 미끼라도 없으면 가게 밖으로 나오지를 않잖아. 지난달에 딱 하루 쉬었다며."

"아니야, 이틀 쉬었어."

"한 달에 이틀 휴일이 참 퍽이나 길다. 그렇게 돈 버는 사람 따로 있고 쓰는 사람은 따로 있는데 좋은 거라도 먹어야지. 야, 무인도가 부담스러우면 산으로 들어가도 돼. 한국에 산은 또 얼마나 많게."

어쨌거나 세상에서 사라지는 방법은 많다는 현과 그럴 이유가 어디에 있느냐는 훈이 옥신각신하는 동안 루미는 현이 농담처럼 건넨 말을 곱씹고 있었다. 증발해버리자는 말, 방법은 많다는 말은 상쾌하고도 달콤하게 들렸다. 자신의 오랜 꿈과 맞닿아 있기도 했다. 증발할 수 있는 곳 중에 〈사운드 오브 뮤직〉의 배경지 같은 곳은 없느냐고 묻자 현은 의외라고 대꾸했다.

"우리 루미가 애들 되게 좋아하는구나. 거기 나오는 애들이 6남매던가, 7남매던가?" 현이 물었다.

"아, 애들은 없어도 돼."

"뭐야, 그렇다고 네가 무뚝뚝한 군인이랑 사귀고 싶은 것도 아닐 거 아냐."

"응."

"딱히 손잡고 노래도 안부를 테고."

"그러네."

"아니, 그럼 진짜 경치만 남잖아."

"그렇지."

"야, 그럼 그건 〈사운드 오브 뮤직〉이 아니라 〈나는 자연인이다〉잖아."

현이 웃음을 터트리자 훈도 따라 웃었다. 루미는 〈나는 자연인이다〉도 충분히 좋다고 생각했다. 사람이 적은 곳에 안착하고 싶다는 점을 강조하는 게 부담스러워서 에둘러 표현하게 된 것일 뿐이니 어떤 식으로 불릴 만한 곳이냐 하는 점은 크게 상관없었다. 원하는 것은 은퇴 후에 사람들에게 치이지 않는 한적한 곳에 숨어들어

조용히 여생을 마무리하는 것이었다. 그것이야말로 루미가 성인이 된 이래 변치 않는 목표였다. 그리고 아빠가 혼자 외출을 하는 게 전보다는 수월해졌으니 그 시기도 조금쯤 앞당겨지지 않을까 하는 기대에 생각이 미쳤다. 그때였다. 주머니 속 휴대전화가 진동했다. 마치 전부 보고 듣고 있다는 것처럼. 그러므로 혼자만 빠져나가는 것은 어림없다는 것처럼 때마침 아빠가 전화를 걸어온 것이다.

루미는 통화를 할 마음이 나지 않아서 메시지를 보내기 위해 메시지 창에 들어갔다. 쌓여 있는 광고 메시지 사이에 이모에게서 온 메시지가 보였다. 거기에 적힌 전혀 예상치 못한 내용에 움찔한 루미는 메시지를 몇 차례나 읽고 또 읽었다. 양손에 땀이 배어 나올 지경이었.

"왜, 너희 아빠가 또 어디를 종일 싸돌아다니고 있냐고 그러서?"

현이 키득대더니 돌연 선언이라도 하는 듯한 어투로 오늘부터 두 사람은 미네랄의 맛을 아는 사람으로 거듭날 것이라고 말했다. 지금부터 먹을 요리는 모두 당일 직송으로 남해에서 올라온 해산물을 메인으로 하는데 생선구이의 감칠맛을 끌어올리는 굵은 소금 한 알까지 맛이 제대로 들어 있다는 것이었다.

"진짜 잘 익은 과일을 베어 먹으면 과즙이 입안에 쫙 퍼지잖아. 그거랑 비슷한 느낌이야. 진짜 싱싱한 해물이랑 해초는 머금는 순간에 입안에 바다가 넘실거리거든."

신선하고 짭조름하고 향긋한 바다의 맛, 거기에 짭짤한 듯 매캐한 아일레이 위스키를 곁들이면 용왕이 부럽지 않다고 현은 강조했다. 위스키를 마셔본 적도 없건만 루미는 자기도 모르게 침을 꼴깍 삼키게 되었다.

훈도 기대된다고 했지만 목소리에는 기운이 없었다. 그는 레스토랑 안쪽 개별실의 원탁에 둘러앉은 직후부터 편치 않은 표정으로 계속 휴대전화를 손에서 놓지 못하더니 음식이 나온 지 몇 분 지나지 않아서 먼저 일어나 봐야 할 것 같다며 두 사람에게 사과했다. 그러나 현은 짐짓 못 들은 사람처럼 점원을 불러서 돌멍게와 바위굴을 추가로 주문했다. 점원에게는 더없이 상냥한 미소를 짓던 현이 방문이 닫히자마자 한심하다는 듯 훈을 쏘아보았다.

"들어가서 뭐하게. 서울대 나온 게 벼슬인 네 동생 진상 떠는 거 깔짝깔짝 말리다가 못 당해서 이번에는 또 얼마를 해주려고?" 현이 놀란 기색의 루미의 어깨를 살짝 두드리며 말했다. "괜찮아 루미야. 이 중에 집구석에 콩가루 안 날리는 집 없거든. 모르는 일 같으면 말 보태겠니. 같은 콩가루끼리니까 이런 말도 할 수 있는 거지."

"너무 그러지 마." 훈이 한숨 섞인 음성으로 현을 저지했다. "우리 동생도 걔 나름대로 사정이……."

현이 훈의 말을 가로막으며 말했다. "너도 다 안 믿는 사정을, 나한테 얘기하면 뭐가 달라져? 야, 차라리 그냥 인정하고 세 번만 외쳐. '나는 동생의 호구입니다! 운명으로 받아들이고, 앞으로도 쭉 이런 식으로 살겠습니다!' 하고. 그러면 이제부터는 나도 찍소리 안 하고 아, 쟤는 지가 호구라고 그랬지 할 테니까."

"먹다 말고 꼭 이래야겠어?"

"먹다 말고 간다고 한 건 너잖아. 왜 못해? 다시는 시비 안 건다니까."

"시비 거는 줄은 아는구나."

"냉철한 척하는 것 좀 봐. 네가 살 만해 보이면, 내가 너한테 뭐 하러 시비를 걸어. 동생한테 여태 그렇게 당하고도 네가 설마, 설마, 하면서 물렁하게 구니까 이러지. 설마, 내 동생이 형을 ATM으로만 보는 건 아니겠지. 설마, 일이 안 풀리다 보니까 이러는 거겠지. 이 돈 없으면 죽겠다는데 그래도 하나뿐인 동생을 죽일 수야 있나. 그래도 내가 걔 형인데. 그놈의 '설마' 하고 '그래도'가 너희들 잡아먹는 거라고. 거기에 끝이 있을 것 같아? 누가 짠하고 나타나서 아이고 그러다 저 사람 골수까지 다 빨아먹게 생겼으니까 그만하시고 다음에 또 빨아 드세요, 하고 떼 줄 것 같아? 그런 일 안 일어나. 가족이라고 다 떠안고 버티면 앞으로도 10년이고, 20년이고 계속 가는 거라고. 결국 누구 하나 죽어야 끝난다니까. 나는 알아, 나도 다 겪어봤으니까."

"그럼 어떻게 하는 게 좋을까."

루미가 손에 쥔 잔을 들여다보며 읊조리자 현은 맥이 풀린 음성으로 정말 몰라서 묻느냐고 되물었다. 그날 밤 헤어지기 전에도 현은 루미에게 한 번 더 강조했다.

"어떻게 해야 되는지 루미 너도 알잖아. 아니야? 알잖아. 방법을 모르는 게 아니잖아. 아직까지 시도를 안 해본 것뿐이지."

현

 2월의 마지막 주 화요일에 훈까지 데리고 현의 집에 들이닥친 성지는 한동안 내내 닫혀 있던 거실 창부터 열었다. 창가에 선 현의 시선은 맨 먼저 앙상한 가로수로 향했다. 거리 풍경에서는 봄기운을 느낄 만한 구석을 찾을 수 없었지만 선뜩한 냉기가 한풀 꺾인 바깥 공기로 인해 겨울도 막바지에 다다랐다는 사실을 체감할 수 있었다. 현은 깊이 숨을 들이쉬었다가 내쉬었다. 거실 등이 언제부터 나갔느냐는 성지의 질문에는 그저 어깨를 으쓱거렸다. 못 해도 3주는 넘었다는 말이 선뜻 나오지 않았던 것이다.
 현의 안색을 살피던 훈이 갈아 끼울 전구를 사 오겠다고 나서자 성지는 냉장고 문을 열더니 야채칸 안에서 원래의 형태를 잃어가던 양파와 싹이 난 감자를 꺼냈다.

"언니는 형사 역할 해도 잘하겠다. 구석구석 살피는 눈빛이 제법 매서운데?"

"하여간에 입은 살아가지고……." 성지가 신경질을 억누르듯 찡그린 미소를 지으며 현의 어깨를 건드렸다. "전화도 안 받고 말이야 너."

새 전구를 사 온 훈도 현이 메시지에 내도록 답이 없어서 걱정했다는 말을 보탰다.

"하긴 기사 터진 거 보고 나도 철렁하고 별생각이 다 들었으니 네 속이야 오죽 말이 아니었겠지." LED 전구를 갈아 끼운 성지가 말했다. "이제 불 켜봐."

거실 등의 스위치를 누른 후 현은 자기 집 거실이 원래는 이토록 밝았다는 사실에 얼떨떨해져서 잠시 멍한 눈으로 실내를 바라보았다. 어쩐지 눈물이 날 것만 같았는데 지금 두 사람 앞에서 우는 것만큼은 피하고 싶었으므로 필사적으로 실없는 소리를 해댔다. 많이 힘들었겠다는 훈의 말에는 "안 쉬고 일하는 너나 힘들지 나는 이번 달에 그냥 뚝심 있게 누워 있었는데, 뭐" 하고 너스레를 떨고는 찻물을 올렸다. 표정을 감출 기력이 나지 않으니 시선이라도 피해야 할 것 같았던 것이다.

이달 초만 하더라도 현은 한 달 사이에 자신이 주변에 염려를 끼칠 만한 상태가 되리라고는 상상조차 할 수 없었다. 외려 사흘간 학부생 졸업 작품을 촬영하며 특유의 어수선한 활기가 넘치는 현장 분위기에 함께 들뜬 상태였다. '첫사랑'이라는 가제를 단 영화는 생애 최초로 진지하게 관계 맺은 연애가 끝나갈 무렵의 혼란을 그린 이야기였다. 촬영 첫날만 하더라도 나중에 프로필에서 슬쩍 빼야 할지도 모른다는 앞선 걱정이 스쳤지만, 마지막 날에는 이토록 젊은 에너지로 가득한 현장이 또 있을까 싶어 뭉클한 기분마저 들었다. 조촐한 뒤풀이 자리에서는 연출 전공이라는 한 단발머리 학생의 졸업 작품에도 출연하기로 약속하기에 이르렀다. 그러고 집에 돌아가는 길에 온 메시지로 인해 현은 가벼운 충격마저 받았다.

 단발머리가 보낸 메시지는 아역 배우를 거쳐 다시 무명 배우가 된 자신이 단지 구두로 출연 약속을 한 것만으로 이렇게까지 감사 인사를 받아도 될까 싶을 만큼 길고 절절했다. 차근히 다시 한번 읽어보기 위해서 현은 집에 돌아오자마자 휴대전화부터 꺼내 들고 다른 손으로는 거실 등을 켜기 위해 스위치를 눌렀다. 며칠 전부터 수차례 깜빡거린 후에야 켜지던 거실 등이 수명을 다

했음을 알게 된 것이 바로 그때였다. 현은 어두운 거실 한구석에 앉아서 휴대전화 액정 화면을 가득 채운 그 긴 메시지를 읽고 또 읽은 후 간단히 답신을 적었다.

세상에, 덕분에 메릴 스트립이 된 기분입니다.

다시 현장에서 봬요!

밝은 이모티콘을 붙이며 대화를 마무리한 뒤에도 현은 한동안 어둠 속에 그대로 앉아 있었다. 가급적이면 지금 느낀 이 감정을 오래 간직할 수 있으면 좋겠다는 생각이 들었다. 장편 복귀작이 공개된 후에 점차 더 많은 기회가 주어지는 날이 오더라도, 혹은 그런 기회를 그려본 것조차 헛된 꿈에 지나지 않았다는 사실을 씁쓸하게 깨닫는 순간이 오더라도, 이런 감정을 주고받았다는 사실 만큼은 잊지 않기를. 한 가지 더 바랄 수 있다면 모쪼록 자신뿐만 아니라 메시지를 보낸 학생 또한 그렇게 간직할 수 있기를, 현은 진심으로 바랐다.

그러나 한 주 지나 껄끄러운 미팅과 술자리를 마치고 돌아와 다시금 어두운 거실 바닥에 앉아서 예의 메시지를 읽어보았을 때 현은 처음 받았을 때만큼 생생한 감흥을 느낄 수 없었다. 어찌 보면 당연한 일일 터였다. 그럼에도 학생이 황송할 만큼의 찬사를 적었던 긴 메시지에 적힌 말보다, 오늘 만난 감독이 자신을 두고 평가한 한마디가 더 묵직하게 와닿는 이유는 무엇인지 스스로도 의아했다. '과거의 활동을 기억하지 못하는 사람에게는 존재감이 없고, 기억하는 사람에게는 비호감'일 뿐이라고 뇌까리던 그 감독을 대단하게 여기지도 않는데. 그의 전작이야말로 대부분의 관객은 존재 여부조차 모르고, 관람을 한 사람은 그의 영화를 실패한 코미디일 뿐이라고 여기건만 이토록 마음이 쓰라린 이유는 대체 무엇일까.

거실 바닥에 웅크려 누운 채로 현은 자문해보았다. 살아남기 위해 긍정적인 시그널보다 부정적인 시그널에 민감하게 반응하도록 진화한 호모사피엔스의 본성 탓일까. 사람을 면전에 두고 존재감이 없는 데다 비호감이라고 단언할 수 있는 업계 특유의 무례함에 질릴 대로 질려서일까. 혹은 누구보다 스스로가 약점이라고 여기는 점을 콕 집어 지적한 말에 정곡을 찔려서일까.

두드려 맞고 들어오기라도 한 것처럼 새벽까지 거실 바닥에 몸을 말고 있다가 겨우 겉옷만 벗고 잠자리에 든 이튿날 몸살이 나서 이후 사흘은 내도록 앓았다. 호구지책으로 이어가고 있던 연기 레슨을 겨우 성지에게 부탁하는 것 말고는 아무것도 하지 못한 채 끙끙대며 자다

깨다를 반복했다. 그동안 꿈에서 뿌연 연기로 뒤덮인 공간을 헤매며 몇 번이나 토했으므로 눈이 떠지면 정신없이 물을 마시고 땀에 젖은 옷을 갈아입었으나 그뿐이었다. 집에는 상비약은커녕 축축해진 침구를 교환할 수 있는 여분의 겨울 침구조차 없었다. 현은 자신의 생활이 생각보다 허술한 토대에서 운영되고 있다는 사실을 인식하고 한숨지었다.

인스턴트 밥을 뭉근히 끓이는 형태의 죽을 만들 기운이 났을 무렵은 어느새 2월 중순에 접어든 시기였다. 냄비 속을 휘젓다 말고 현은 콕 집어 설명할 수 없는 불길한 예감에 몸을 떨었다. 별일이야 있겠느냐고 되뇌며 심호흡을 시도해보아도 불안감에 빨라진 심장박동은 좀처럼 안정되지 않았다. 궂은일에 관해서만은 직감이 좋았다. 불운을 앞서 예상하고 막을 방도까지 안다면 모를까 그저 한발 앞서 스트레스를 받기만 하는 것은 아무짝에도 쓸모없는 일이었으므로 현은 거듭 한숨을 쉬었다. 날은 이미 조금씩 어두워지기 시작했고 입맛이 사라져 만들다 만 죽도 내버려둔 채 침대로 향했다.

잠이 들기는커녕 어떤 자세로 누워도 우둔거리는 심장박동만 의식될 뿐이었으므로 현은 떨리는 손으로 포털 사이트에 자기 이름을 검색해보았다. 지난달에 찾아본 이래 늘어난 기사나 블로그 글은 단 하나도 보이지 않았다. 평소라면 씁쓸해했을 세간의 무관심이 다행이라는 생각이 들어 현은 쓴웃음을 지었다. 다음으로 개봉할 영화의 제목과 감독 및 주연 이름을 검색해본 후에는 안도의 한숨을 내쉬었다. 자신이 그러하듯 다행히 감독과 주연은 그사이에 문제가 될 만한 일을 저지르지 않은 모양이었다.

 손쓸 수 없는 일을 저지른 이는 따로 있었다는 사실을 알게 된 것은 몇몇 포털 사이트를 돌며 살핀 지 한 시간여가 지난 시점이었다. 문제를 일으킨 장본인은 데뷔 이래 줄곧 본인의 경력보다 한 중견 배우의 외아들로 더 잘 알려져 있는 개그맨이었다. 그가 학창 시절에 지속적으로 급우들을 괴롭혔으며, 피해를 입은 대상 중에는 장애를 가진 아이마저 있었다는 사실이 폭로된 기사를 접한 현은 누워 있음에도 발밑이 꺼지는 기분을 느꼈다. 현의 복귀작에서 그의 어머니인 중견 배우가 비중 있는 조연으로 등장하기 때문이었다. 게다가 복귀작은 시각 장애가 있는 주인공의 삶을 그린 작품이었다. 그러니 여태 기다려서 이제 목전에 와 있었던 개봉 일자는 또다시

미뤄지지 않을 도리가 없게 된 것이었다.

이튿날 감독이 직접 연락을 주어 상황의 추이를 지켜보게 되었다고 했을 때, 현은 그 순간 자기가 낼 수 있는 가장 씩씩한 목소리로 학창 시절에 괴롭힘을 받은 아이들의 상처에 비하면 우리의 곤란이 대수겠느냐고 대꾸했다. 그 말은 진심이었으나 옴짝달싹할 기운이 나지 않아서 통화를 마친 후에는 끼니도 거른 채 내내 누워만 있었다. 이튿날도 마찬가지였다. 종일 한 일이라고는 반희에게 전화를 걸어본 것뿐이었다. 만일 지금 연락을 받는다면 그간에 서운했던 일은 다 잊어주리라고 여겼지만, 여전히 착신이 금지된 번호라는 안내 음성이 들릴 뿐이었다.

어쩌면 너무 늦은 시각에 전화를 건 게 아닐까. 손에서 떨군 휴대전화를 바라보는 사이에 현에게 스친 생각이었다. 그런데 지금 몇 시쯤 되었을까. 감이 오지 않았다. 오늘이 며칠이며 무슨 요일인가 하는 점 또한 마찬가지였다. 문득 현은 한 번도 만나본 적 없는 루미의 아빠를 떠올렸다. 요즘 같아서는 자신이 그와 별반 다를 것 없다는 생각이 들어서였다. 성지에게 맡겨둔 수업에 복귀하기는커녕, 거실 등을 갈아 끼울 전구를 사러 가기는커녕 바닥에 떨어뜨린 휴대전화를 다시 집는 일조차 벅차게 다가왔으므로. 따라서 살다 보면 누구나 루미의 아빠처럼 될 수 있는지도 모를 일이었다. 그것이 이번에는 자신의 차례인 것 같다는 생각이 들었다. 두 눈에서 하염없이 눈물이 흘렀다.

아무짝에도 쓸모없는 눈물을 떨구는 와중에 스친 생각 중 하나는 월초에 촬영했던 〈첫사랑〉의 한 장면을 지금이라면 더 잘 해낼 수 있으리라는 것이었다. "언니, 나는 걔랑 헤어질 거야. 진짜야. 그런데 도대체 어떻게 하면 되는 건지 모르겠어" 하고 눈물을 터뜨리는 주인공을 달래는 장면을 찍을 당시에는 마냥 어려 보이던 극 속 동생의 마음을 뒤늦게 더 가까이 느낄 수 있었기 때문이다. 일생일대의 사랑을 한 후에는 일생일대의 이별을 해야 한다. 생애 최초의 연인, 헤어짐을 상상해본 적조차 없는 상대와 남이 되는 일의 두려움은 어린 시절부터의 꿈이자 최초의 업이었던 일과 멀어지는 것만큼이나 크지 않을까.

이별을 미루고 미루면서 앞으로 얼마나 더 버틸 수 있을까. 몇 살까지 지금처럼 기약 없는 꿈을 갈망하며 살수 있을까. 누군가의 의견을 듣고 싶었지만 마땅한 사람이 없었다. 사정을 모르는 사람의 견해는 생각을 정리하는 데 도움이 될 리 없었고, 사정을 알 만한 사람에게 고하기에는 지독하게 초라한 고민이었으므로 현은 홀로 처박혀서 생각하고 또 생각했다. 이따금 루미가 안부를 물으면 다만 다소 일이 바쁜 양 답하며, 그러고 나면 헛헛한 마음에 반희에게 전화를 걸어서 착신이 정지된 번호라는 안내 문구를 들은 뒤 더욱 헛헛해진 채로 어두운 거실을 서성이며 끝없이 생각했다. 이제 그만두어야 할까. 결국 이 꼴로 그만두게 되는 것일까. 그렇게 출구가 없는 생각 사이를 뱅뱅 맴돌며 2월을 몽땅 흘려보낸 것이다.

"너도 참 일관성은 있다." 훈이 현의 검은색 티셔츠를 가리키며 말했다. "집에서도 검은 옷을 입고 있을 줄이야."

"이건 내 인생의 상복이니까. 난 불행하거든."

상복이라는 말에 훈의 눈이 커지자 성지가 손사래를 쳤다. "놀랄 것 없어. 얘 이거 체호프 〈갈매기〉에서 가져온 대사야."

"맞아, 놀랄 것 없어." 현이 힘없이 반복했다. "너는 여태 체호프도 안 읽고 뭐했냐? 교양머리 없어서 겸상을 못 하겠네."

"얘 이러는 거 보니까 그래도 살 만한가 봐. 그만 가도 되겠어." 훈이 피식거리며 말했다.

"있어 봐. 언니, 수업은 할 만했어?"

"일찍도 묻네." 성지가 자기에게 기대오는 현의 어깨를 밀쳐내며 말했다. "세상에 참 중간이 없지 않니? 연기학원도 마찬가지더라. 싹수가 노란 애들은 너무 노랗고, 눈이 반짝반짝 거리는 애들은 또 아주 레이저를 쏘던데."

현은 잠자코 고개를 끄덕였다. 어떤 아이들의 눈빛은 빛난다는 말을 하지 않고 설명할 도리가 없다는 사실을 잘 알고 있었으므로. 호구지책으로 하는 일에 불과할지언정 그런 아이들에게 선생님이라고 불리면서 자기 문제에 골몰해 있던 지난 몇 주 동안은 거의 잊고 지냈다는 사실에 현은 가책을 느꼈다.

"탈색한 반수생 있잖아." 성지가 말했다.

"지원이?"

"응. 지원이는 이번에 극단에 들어갔어. 그렇게까지 본격적으로는 못 하겠지만 나도 사실 요새 연극 생각 중이야. 체호프 애호가도 같이 한 번 안 해볼래? 배우는 게 확실히 달라. 너도 그랬잖아. 너희 영화 주인공도 연극 경험이 많아서 그런지 발성이 다르다고."

개봉을 할 수 있을지 어떨지도 모르는 와중에 '너희 영화'라는 말은 너무 멀리 들렸지만, 굳이 그 점을 짚고 넘어가는 일도 힘이 빠져서 현은 일단 뭐라도 좀 시켜 먹자고 화제를 돌렸다. 훈은 벽시계 쪽으로 눈길을 주더니 가게로 돌아가 봐야 할 것 같다며 자리에서 일어났다.

"야, 넌 인간적으로 일 좀 줄여."

"자기 가게니까 쉬는 게 맘처럼 쉽겠니." 성지가 대신 대꾸했다.

"아무리 자기 가게라도 한 달에 하루 이틀 쉬고 붙어 있는 게 말이 돼? 사람이 누워 있자고 마음먹으면 한 달 통으로도 누워 있을 수 있는 건데."

"너 어디 가서 그런 소리 하지 마." 성지가 현의 무릎을 건드리며 말했다. "돈 걱정 없이 사는 거야 네 복이지만, 그런 사람이 얼마나 있다고 그래? 너희 부모님이야 어릴 때 네가 벌어온 돈 차곡차곡 쌓아 놨다가 이렇게 집도 얻어 주시고 했으니까 그런 말이 나오지."

"차곡차곡?" 현이 코웃음 쳤다. "갈기갈기겠지······."

"갈기갈기라니?" 훈이 상체를 뒤로 빼며 되물었다.

"우리 아빠는 물러 터진 주제에 사업을 한답시고 어릴 때 내가 개고생하면서 벌어온 거 다 날려 먹은 사람이야. 별별 삽질을 다 하다가 그나마 이제 좀 장사가 되는 것 같길래 악착같이 여기 보증금 받아낸 거라고. 그랬더니 나보고 어쩌면 이렇게 독하냐고, 아주 자기 마음을 갈기갈기 찢어놓는다고 그러더라."

"그렇단다." 성지가 이번에는 훈의 어깨를 건드리며 말했다. "너도 동생한테 좀 악착같이 굴어봐야겠다."

"빌붙으려는 인간들한테는 내가 더 독한 인간이라는 걸 보여줘야 돼."

"어우 애 눈에 살기 좀 봐." 성지가 싱긋 웃었다.

"웃자고 하는 소리 아니야." 현이 훈 앞으로 얼굴을 들이밀며 말했다. "다시는 들러붙을 생각을 못 하게 하려면, 아주 마음을 갈기갈기 찢어놔야 된다고."

"알았어, 알았어. 더 있어봤자 잔소리만 독해질 테니까 난 이제 진짜 빠질래."

훈이 집을 나선 후에 성지는 한동안 연락에 답이 없었던 일을 두고 설마 하면서도 다소 겁먹은 게 사실이라는 말을 전했다. 겁냈다는 말의 의미를 파악하지 못한 현이 고개를 갸웃하자 잠시 말을 고르더니 한숨을 쉬었다.

"그게 벌써 언제야. 4년? 아니지, 5년 전에 같이 추모공원 다녀오면서 네가 한 얘기 기억 안 나? 약속한 건 지켜야지. 자기가 얘기 꺼내놓고."

추모공원이라는 말을 들은 현의 입이 아, 하며 벌어졌다. 벚꽃도 지고 공원에는 어느새 튤립이 만발했는데도 이곳에만 오면 어쩌면 이토록 한기가 들까 하는 생각을 했던 날이었다. 그곳에는 고작 스물넷에 스스로 세상을 등진 동료의 유골이 안치되어 있었다. 성지는 숨진 동료의 언니에게서 그녀가 생의 마지막 날 아침만 하더라도 샌들을 주문했다는 사실을 전해 들었다며 탄식했다. 분명 그렇게 다가올 계절을 그리고 있었건만 어째서 한나절 사이에 다 놓아버리게 되었을까. 성지는 떨리는 음성으로 되뇌었다. 그 일을 막을 수는 없었을까. 우리가 더 일찍 알아챌 수는 없었을까.

그날 집으로 향하는 길에 약속을 하자고 먼저 말을 꺼낸 것은 현이었다. 사는 게 환하고 정신없이 바쁠 때는 연락 같은 데 집착할 필요가 없지만, 일이 뜻대로 풀리지 않고 사는 게 서러울 때는 꼭 알리고, 연락하면 반드시 받아주자고 성지와 훈에게 말했다. 두 사람에게 다짐을 받아두고 정작 스스로는 까맣게 잊었다. 그것도 모자라 비록 체호프의 대사를 인용한 것이라 하더라도 상복 운운하는 농담까지 하다니. 훈이 화를 내지 않고 집을 나선 게 용한 일이라고 현은 생각했다.

"반성할게. 다음에 훈이네 가게 갈 때는 삼보일배로 가야겠다."

"반성 말고 일을 하자고. 놀면 뭐 하니."

성지는 현에게 바짝 다가와 팔짱을 끼며 정말 생각이 없느냐고 재차 물었다. 지극히 미니멀한 연극 무대 위에 서면 모든 제한에서 벗어날 수 있다면서. 필요한 것은 아주 작은 무대와 배우의 집중력뿐이라고 강조하며 무대 안팎에서 벌일 수 있는 일들에 관해 신이 나서 떠들었다. 어떠한 제한도 없는 무대라는 말은 사랑을 약속하는 속삭임처럼 달콤하게 들렸다. 덥석 성지의 손을 잡으면 연기 인생의 새로운 페이지가 열릴 것도 같았다. 그러나 당장은 새로운 꿈을 꾸고 꿈을 현실로 만들어나갈 여력이 없어서 대답을 미루게 되었다. 그 순간 현은 루미를 떠올렸는데, 루미라면 다른 설명 없이도 이렇게 망설이는 마음을 이해해줄 것 같아서였다. 그러나 막상 며칠 후에 만나서 사정을 설명했을 때, 루미의 입에서는 뜻밖에 한번 저질러보면 어떠냐는 말이 나왔다.

"실은 나도 겁나지만 일단 한번 덤벼보려고 결심한 게 있는데 잘 모르겠어." 루미가 혼잣말을 하듯 목소리를 낮춰 말했다. "진짜 모르겠어. 내가 그걸 감당할 수 있을지."

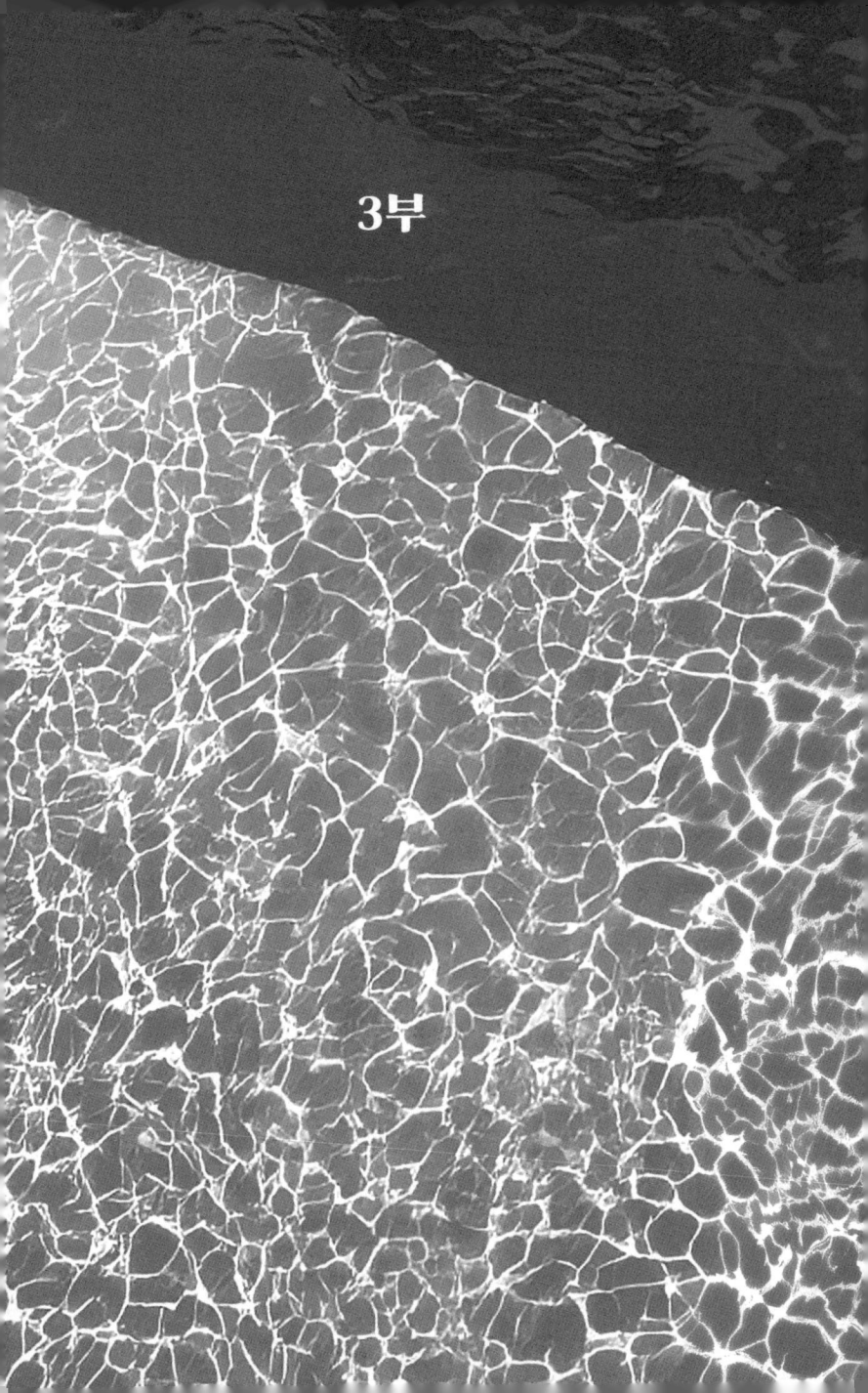

3부

루미

3월의 첫째 날에 이모와 함께 봉안당을 나서면서 루미는 이모에게 전에 했던 약속을 기억하느냐고 물었다.

"약속?" 짐작을 못 하겠다는 듯 이모가 눈썹을 으쓱거리며 되물었다.

"여기 관리비요. 서른 넘으면 제가 물려받기로 했잖아요."

"난 또 무슨 얘기라고." 이모가 루미의 팔에 자기 팔을 감으며 말했다. "얘는 지가 혼자 그래놓고 약속이래. 관리비라 봤자 1년에 얼마 하지도 않는데 그게 뭐 대수라고."

"할머니 할아버지 관리비도 이모가 내시잖아요. 저희 엄마 거는 그러니까 제가……."

"아유, 됐어." 이모가 루미의 말허리를 잘랐다. "어차피 가족실 묶어서 내는 거라 나누는 게 더 번잡해. 정 그러면 밥이나 사, 얘."

베트남 음식점을 찾은 두 사람은 나란히 쌀국수를 주문했다. 루미는 이모와 함께 봉안당을 다녀온 후에 쌀국수를 먹으러 온 게 벌써 몇 해째인가 되짚어보았다. 개인병원으로 이직한 후에는 3월 초마다 반복하고 있으니 연례행사라고도 할 수 있을 터였다. 이모는 얇게 저민 양파장아찌 위에 핫소스를 듬뿍 뿌린 것을 면 위에 얹어 먹으며 평소에는 외식을 즐겨하지 않으니 가끔은 자극적으로 먹어도 된다고 강조했다. 국수 그릇을 말끔히 비운 후에는 "우리 언니도 참 좋아했을 맛인데……" 하고 한숨 섞인 미소를 지었다. 엄마가 면 요리를 좋아했다는 점은 루미 또한 어렴풋이 기억하고 있었다. 그러나 밀가루 음식을 먹고 나면 곧잘 속탈이 나는 체질이었던 터라 즐겨 먹지는 못했고, 몸이 쇠약해지고 나서는 소화력이 더 떨어졌으므로 작은 크기의 컵라면조차 그림의 떡이었다고 했다.

"쫀득한 맛은 없지만 대신 질기지도 않고, 쌀로 만든 게 밀가루보다는 나을 테고. 그때도 이렇게 쌀국숫집이 있었으면 좀 좋았을까. 그랬으면 언니도 좀 먹였을 텐데, 싶어서 영 마음이 그래. 뭐, 그래도 이렇게 싹싹 비웠다만."

"여기 맛있네요."

싱긋 웃는 이모의 어깨 너머로 가게 문을 열고 들어와 빈자리를 찾는 가족이 보였으므로 루미는 그만 일어날 채비를 했다. 그러자 발걸음을 서두른 이모가 먼저 카운터 앞에 서더니 계산을 마쳤다.

"이모, 밥은 제가 사기로……."

"우리 아직 할 얘기도 있잖아. 서울 가서 커피 사. 커피."

차 안에 들어섰을 때 이모는 글러브박스를 열어 사진 한 장을 건넸다. 엄마와 아빠, 이모 옆으로 어린 시절의 자신까지 한 장에 모두 담긴 그 사진은 전에 본 적 없는 것이었다. 휠체어에 앉아 단풍이 들기 시작한 가로수 쪽으로 고개를 들어 올리고 있는 엄마의 얼굴에는 지친 기색이 어려 있었다. 엄마의 어깨에 한 손을 올리고 있는 이모의 앳된 얼굴에도 우울과 피로를 떨치기 위해 애쓴 흔적이 보였다. 아빠는 달랐다. 휠체어 뒤편에 선 아빠는 눈을 부릅뜨다시피 한 채 정면을 응시하고 있었다. 단단하다 못해 독이 오른 모습으로, 세 식구가 길바닥에 나앉는 한이 있더라도 아내를 살려내겠다는 말을 입버릇처럼 주억거렸다던 아빠. 그때는 이모도 아빠와 사이가 좋았다고 했다. 이모뿐만 아니라 깊어만 가는 엄마의 병세로 인해 속앓이하던 모두가 아빠에게 의지한 모양이었다. 엄마를 상대하는 의료진과 보호자들 사이에서도 저렇게 헌신적인 남편이 어디 있느냐며 칭찬이 자자했다고 했다.

 단단한 존재감을 가지던 시절의 아빠를 제대로 기억할 수 있다면 좋으련만. 루미는 그 점에 있어서 이모가 부러웠다. 엄마의 모습도, 엄마와 함께하던 시절 아빠의 모습도 흐릿하기만 한 루미가 어린 시절을 생각하면 맨 먼저 떠오르는 것은 명절에 큰댁에 모인 친척들이 딱하다는 듯 혀를 차며 수군거리던 목소리였다.

 쟤네 엄마는 유학 간다고 준비하던 사람이 괜히 루미 아빠한테 발목 잡혀서는.
 아이고, 원래는 아이도 안 가지겠다던 걸 양쪽 집에서 그 난리를 치더니 말이야.
 병원이란 병원은 안 가본 데가 없었다는데 산후풍이 심하게 오고서 여기저기 탈이 난 거라고만 그러지 병명도 제대로 몰랐다잖아.

그래도 루미는 멀쩡한 거 보면 유전이 되는 병은 아니었던 모양이지.

어쩐지 혼나는 것 같은 기분이 들고, 자신의 존재를 탓하는 것 같은 말들에서 도망치기 위해 루미는 살그머니 자리를 피하는 요령을 익혔다. 초등학교를 졸업할 즈음에는 아빠가 더 이상 명절에 큰댁을 찾지 않으려 했으므로 무심히 그런 말을 내뱉던 이들의 표정까지는 기억에 남기지 않을 수 있었다. 할머니의 유언은 정반대였다. 할머니가 한 단어 한 단어를 힘겹게 내뱉으며 몰아쉬던 숨소리까지 루미는 지금도 또렷하게 떠올릴 수 있다.

"이제 가족이라고는 너랑 아빠 둘뿐이다. 푸름이 너를 낳아놓고 너희 엄마가 너무 오래 아파서 내 아들은 그거 돌보느라 가진 걸 다 쓰고 생고생을 했어. 그러다 망가진 사람이야. 그러니까 이제부터 네가 아빠를 잘 보필해야 한다."

겨우겨우 뱉어내던 마지막 말 속의 보필이라는 단어가 주었던 무게감을 떨쳐내기 위해서 루미는 고개를 저었다. 그러고는 손에 쥔 사진을 들여다보았다. 자신을 위해 전한 것도 아닌 말들이 어제 들은 것처럼 선명하건만 루미야, 하고 부르던 엄마의 목소리는 애써 더듬어 보아도 흐릿할 뿐이었다. 그 같은 불균형을 두고 누구를 탓해야 하는지 루미는 알 수 없었다.

"저기, 푸름아. 너 피곤하면 바로 집으로 들어갈래?" 루미의 침묵이 의식되었던지 이모가 머뭇거리며 물었다.

"아니에요. 저도 드릴 말씀이 있어요. 이모 댁 근처로 가요. 봐둔 데가 있어요."

오래된 성당 건물처럼 스테인드글라스로 장식된 창을 가진 카페는 이국적인 분위기를 풍겼는데 내부의 인테리어는 복고풍 정취도 감돌았다. 납작한 직사각형 모양의 수족관 안에는 황금빛과 오렌지빛 지느러미가 일렁이는 금붕어들이 느긋하게 움직이고 있었다. 이모는 옛날 생각이 난다며 수족관 앞쪽 자리로 향했다. 평소에는 밤잠을 설칠까 봐 오후에 카페인이 든 음료를 마시지 않지만 예외적으로 드립커피를 마실 마음이 든다는 이모에게 루미는 한 잔은 카페인이 들지 않은 차로 골라서 나눠 마시기를 청했다. 드립 커피는 원두를 고를 수 있었는데 루미는 짧은 고민 끝에 '무난한 하루'를 선택했다.

"쭉 이 동네 살았는데 이런 데가 있는 줄은 네 덕분에 처음 알았지 뭐니."

"저도 처음 와봐요." 루미가 대꾸했다. "여기는 이런 느낌 좋아하는 친구가 알려줬어요."

"친구? 아니면 남자 친구?"

"친구요."

"그래, 넌 예나 지금이나 연애에 관심이 안 간다고 했지."

"이모는 아니에요?"

"요즘 말로는 비혼이라고 하더라? 한데 나는 그거 아니야, 얘. 애초에 안 하겠다 다짐한 건 아니었거든. 주변에 변변찮은 것들밖에 없어서 버티다 보니 하세월이 지난 거지."

몇 해 전부터 새치 염색을 중단한 이모는 반백이 된 짧은 단발의 머리칼을 한쪽만 귀 뒤로 넘긴 모습이었다. 얼굴에는 장난기가 어린 미소가 떠올라 있었다. 이모와 엄마는 자매치고 닮지 않은 편이었지만 웃는 눈매만큼은 똑 닮았다던 아빠의 말이 떠올라서 루미는 이모의 눈가에 진 잔주름을 두 눈에 담았다. 음료가 나왔고, 잔을 들었다가 내려놓는 사이에 이모의 표정은 한숨을 꾹꾹

눌러 삼킨 듯 떨떠름한 웃음으로 바뀌었다.

"요즘 너희 집에는, 뭐, 딱히 별일은 없고?"

과거를 이야기할 때면 '너희 아빠'라거나 때로는 '형부'라고 언급하기도 하지만 아빠의 근황을 물을 때에는 너희 집이라고 에둘러 지칭하는 것이 이모의 오랜 습관이었다. 콕 집어 안부를 물을 만큼 아빠를 걱정하는 것은 결코 아니며 다만 루미에 대한 염려 때문에 동향을 살피지 않고는 견딜 수 없다는 듯한 태도였다. "나도 참 덕이 부족하다. 사회복지사로 30년 가까이 일했다는 사람이." 이모는 종종 그렇게 민망함을 표하기도 했으나 특유의 솔직함에 루미는 외려 마음이 놓였다.

남다른 형태의 가족에 속한 채 서른이 되는 동안 루미가 확신할 수 있게 된 것 한 가지는 타인의 삶에 진정으로 관심이 없다면 타인이 겪는 곤란이나 고통 때문에 진심으로 화가 날 일도 없다는 것. 거기에 하나를 더하자면 먼발치에 떨어진 곳에 선 사람이 상투적으로 건네는 칭찬은 쓸모없다는 것이었다. 하등 쓸모가 없다는 점에서는 걱정하는 투로 수군거리는 말과 별반 다를 것이 없었다. 그럼에도 효녀라는 둥, 장하다는 둥 하는 말을 자꾸 듣다 보면 의식하게 되고 얽매이게 된다는 점에서는 하지 않느니만 못한 것이라고 잘라 말할 수 있었다. 특히 칭송의 대상이 어리면 어릴수록 더욱더.

"아빠한테 낙이 하나 생겼어요. 요즘에는 비빔국수 드시는 맛으로 사시는 것 같아요."

"반찬은 사 오기라도 하지 비빔국수? 네가 두 배로 귀찮겠다."

"국숫집 한군데에 꽂히셔서 곧잘 나가서 드세요. 외식이 느니까 외출도 늘었어요. 요새는 가끔 장도 봐오세요."

"아이고, 그거 잘됐다. 푸름아, 참 잘됐어." 이모가 빠른 어투로 말을 이었다. "그러면, 이번에는 내가 보낸 링크 좀 들어가봤니? 센터 예정지 봤지? 제주에서도 중산간이잖아. 그게 네 소원이었잖니, 경치 좋은 자연에서 사람들이랑 덜 부대끼면서 일하는 거."

"이모, 저도 생각을 해봤는데요."

"아니, 푸름아 이모 말을 한번 들어봐. 이 자리는 정말이지 보자마자 네 생각이 나더라. 오픈 멤버니까 텃세니 태움이니 그럴 염려가 없잖아. 그럼, 없어야지. 네가 그 꼴을 겪어서 바싹바싹 말라가는 걸 내가 다시는 못 보지. 물론, 네 성격에 아빠를 두고 혼자 제주까지 가는 게 어떻게 마음이 편하겠니. 쉽지 않겠지. 그래도 사람이

결단을 할 때는 해야 돼. 지금 어려운 일이 나중에는 아예 불가능할 수가 있어. 반대로 애, 언감생심 그게 될까 싶었던 상황이 막상 닥치고 나면 적응하게도 되고, 사는 게 그렇더라. 사실 너희 아빠가 집 밖 출입을 아예 못 하는 것도 아니고 이런 계기가 있어야 본인도 마음을 굳게 먹고……."

"맞아요, 이모. 그래서 저도 한번 지원해보는 쪽으로 생각하고 있어요. 일단은요."

비명에 가까운 크기로 감탄사를 내뱉은 이모는 잘 생각했다며 양손을 루미 쪽으로 뻗다가 테이블 위의 물 잔을 넘어뜨렸다. 잔에 담긴 물이 몽땅 쏟아져서 휴대전화와 입고 있던 니트의 소매가 흠씬 젖었음에도 이모는 조금도 곤란해하는 기색이 없었다. 이만한 일은 곤란의 축에도 들지 않는다는 듯 이모는 소매를 비틀어 짜내며 너털웃음을 지었다.

"그런데 아빠 말고도 걱정이 하나 더 있어요. 센터 특성상 수영이 필수인 것 같던데 제가 수영을 못해요. 일단 초보반에 등록해두기는 했는데 할 수 있을지 모르겠어요."

"벌써 등록까지 했는데 그까짓 거 배우면 되지! 사는

게 뭐 있니, 몇 살이 되든 안 먹어본 것 먹고, 안 가본 데 가보고, 여태 못 배운 건 이제부터 배우면 되는 거야. 이건 내가 한 말이 아니라 엊그제 뵌 어르신이 한 말씀이란다. 그분은 이제 팔순이 되셨는데도 취미에 운동에 바쁘셔. 네 나이면 한 달도 안 걸릴걸. 더 짧을 수도 있어. 너 어릴 때는 곧잘 개헤엄도 치고 그랬으니까."

루미는 고개를 끄덕였다. 이모에게 밝히고 나니 비로소 전 같으면 엄두를 내지 못했을 일을 벌이기로 했다는 실감이 났다. 그날 저녁에 만난 현이 고민거리를 밝혔을 때는 제법 호기롭게 너도 한번 질러보라는 말을 건네기까지 했다.

"이게 누구야." 현이 걸음을 멈추며 물었다. "뭐야, 내가 한 달 죽어 있던 사이에 무슨 일이 있었던 건데?"

"한 달간 죽어 있었다니?"

"아니, 아니, 바빴다고. 죽어라 바빴다는 얘기야."

그렇게 강조하는 현을 보면서 루미는 새삼 바빴다는 말이 품은 상쾌한 활기를 느낄 수 있었다. 해가 저물어가자 바람에서 한낮의 이른 봄볕 아래에서는 감지할 수 없었던 쌀쌀함이 느껴졌는데 그마저 제법 상쾌한 느낌을 주었다. 내년 이맘때쯤, 자신의 삶은 여기서 멀리 떨어진 곳에서 지금과 전혀 다른 모습으로 꾸려질 수도 있다. 그런 일이 실제로 일어날 수도 있는 것이다. 물에 들어갈 일은 여전히 아득하지만, 이모의 말처럼 앞으로는 얼마든지 바뀔 수도 있다는 생각에 루미는 심장박동이 빨라지는 것을 느꼈다.

"묵비권을 행사한다 이거야? 무슨 일이 있었는지 어서 고하지 못할까." 옆구리를 쿡쿡 찔러대던 현이 돌연 한숨을 내쉬었다. "너 또 전화 오는 거 같다."

휴대전화를 꺼내 액정을 확인한 루미는 전화를 받으며 디디고 선 땅이 푹 꺼지는 것 같은 아득함을 느꼈다.

"심한규 씨 보호자 분 되십니까?"

자신을 루미가 사는 지역의 지구대 소속 경찰이라고 밝힌 상대는 또렷하고 건조한 음성으로 말을 이었다. 지금 바로 지구대로 와주셔야겠다고.

현

 엘리베이터의 문이 열리자 안에서 나오려던 남자가 현이 손에 쥐고 있는 주방 가위를 보고 놀란 듯 상체를 움찔거렸다. 현은 그를 의식하여 큰엄마는 웬 가위를 사오라 하고 난리냐고 말하며 엘리베이터 안으로 들어섰다.

"칼도 아니고 가위 가지고 저렇게 놀라는 사람이 있네." 문이 닫히자 현이 푸념했다.

"모르는 얼굴에 옷은 위아래로 시꺼머니까 그래." 아빠가 중얼거리듯 덧붙였다. "할머니 생신인데, 이런 날에는 좀 밝게 입었으면 좋았겠고만."

"아빠, 사람이 염치가 좀 있어봐." 현이 가윗날로 아빠를 가리키며 따져 물었다. "이런 날을 앞두고 음주 단속 걸려서, 면허까지 정지된 사람이 누구야? 내가 여기 뭐 오고 싶어서 왔어?"

"기왕 왔는데 그런 말 말고……."

"됐어. 홍삼은 또 왜 안 가져왔어?"

황급히 지하 주차장으로 돌아가는 아빠를 현이 굳이 따라나선 이유는 한 가지. 할머니 댁에 한시라도 먼저 들어가고 싶지 않기 때문이었다. 할아버지를 여의고 홀로 남은 할머니는 본래도 노골적이었던 성격의 면면이 더욱 적나라해져서 만날 때마다 새로운 놀라움을 안겼다. 오늘은 과연 몇 번이나 돈 타령을 하시려나, 현은 한숨을 삼키며 할머니 댁 현관에 들어섰다.

"가위는?"

큰어머니가 인사도 없이 현의 손에 든 가위를 낚아채 가는 것과 동시에 고모가 그녀를 밀쳐낼 듯한 기세로 다가와 두 사람을 반겼다. "오빠랑 현이 왔어요, 엄마!" 하고 외치는 목소리는 한껏 끌어올린 솔 톤이었다. "우리 현종이도 데려오고 싶었는데 로스쿨 공부가 그게 어디 만만해야지 말이야."

고모가 소상히 아들 자랑을 하는 사이에 할머니 곁에 딱 붙어 선 큰어머니와 그녀의 며느리는 타원형 원탁 위로 가득한 음식들을 할머니 드시기 편하게 손본다며 아기에게 먹일 음식처럼 가위로 자르느라 부산스러웠다. 그들 사이로 비집고 들어갈 틈을 잡지 못해 주춤거리던 아빠가 겨우 홍삼이 든 쇼핑백을 건넸을 때, 할머니는 선물을 한 손으로 끌어안은 채 현을 머리끝부터 발끝까지 샅샅이 훑어보았다. 어쩔 도리 없이 현도 할머니를 바라보게 되었는데 아이라인 문신을 새로 했는지 눈매가 평소보다 한결 또렷해 보였다.

"우리 현이 머리는 어느 동네 쥐가 파먹어서 그 꼴이 났을까?"

"요즘은 이런 스타일이 대세예요, 할머니."

"잘됐네. 대세를 맞췄으면 대박을 터뜨려야지. 할미는 낮이나 밤이나 현이 영화가 극장에 걸리기만 기도하고 있는데."

"기도 좀 잘 해주세요. 저도 기다리다 목이 빠지겠어요."

"기왕 기다릴 거 코는 좀 하면서 기다리면 좀 좋아? 아직 안 늦었다, 너."

"늦었을걸요? 저도 곧 서른이거든요. 삼십대에는 붓기 빠지는 속도도 느리대요."

할머니는 실로 딱하다는 듯 혀를 챘다. 그러고는 홍삼 박스 안에 든 봉투를 벌려 금액을 확인하더니 자기 왼편에 앉으려던 아빠를 제지하며 벌레를 쫓듯 손을 내저었다.

"홍 사장은 현이 데리고 저쪽 끝에 가서 앉아. 사업을 한다는 사람이 이렇게 통이 작아서야……. 보고 배운 게 그 모양이니 현이 얘도 다시 탤런트를 하겠다는 애가 수술 한 번 받을 담력이 없어서 지지부진인 거 아니야. 셋째야, 네가 이리 와라."

고개를 푹 수그린 아빠의 얼굴이 붉게 달아올라 있었으므로 실제로 빈약한 금액을 넣은 모양이라고 현은 짐작했다. 부모님과 오빠가 함께 운영하고 있는 양고기 전문점의 매출이 어느새 내리막인 것인지 아니면 다른 친척들이 할머니의 생신 축하에 무리한 출혈을 한 것인지는 모를 일이었다. 할머니는 축하금에 관해 말로만 드잡이하는 것만으로는 성에 차지 않는지 막내 고모가 부쳐온 금액을 보라며 은행 어플 화면을 내보였다. 출장을 가느라 비록 이 자리에는 참석하지 못했지만 막내의 마음 씀씀이가 이렇게 크다면서 모두 동생을 본받겠다는 마음으로 박수를 치라고 종용했다.

"아무튼 간에 우리 집은 순서가 거꾸로 됐어. 변변치 않을수록 먼저 나왔다니까."

"어머, 엄마, 그럼 내가 2등이에요?"

'시'까지 올라간 톤으로 반기는 고모의 어투도 가식이 가득했지만 명심해서 분발하겠다고 진지하게 대꾸하는 큰아버지와 앞서거니 뒤서거니 장단을 맞추는 아들 며느리의 모습이 더 장관이라고 현은 생각했다. 할아버지가 돌아가신 후에 재산 분할 1차전을 치른 친척들은 할머니가 부쩍 쇠약해진 몇 해 전부터 예선을 마치고 본 경기를 앞둔 운동선수들처럼 본격적인 신경전을 벌였다. 어느 정도 거리를 두고 보기만 한다면 그들의 치열한 모습에도 일견 흥미진진한 구석이 없지 않으리라고 현은 생각했다. 다만 현의 엄마를 편애하셨던 할아버지의 임종 때와는 달리 어떤 면에서도 어필할 요소가 없는 아빠가 낙오되어 편해지는 길을 선택하지 않고 꾸역꾸역 가족 모임에 참석해서 무시당하는 상황을 감내하는 이유는 알다가도 모를 일이었다. 엄마 덕에 1차전에서 사업 밑천을 챙겼으면 이제 그만 백기를 들어도 되지 않나 싶었던 것이다. 큰댁처럼 가위로 음식을 잘게 자르고 손발톱을 깎아드리는 퍼포먼스를 해낼 며느리가 있는 것도 아니고, 막내고모처럼 더 크게 돌아올 미래를 기대하며 투자 개념으로 몇백씩 용돈을 건넬 여유가 있는 것도 아닌데. 따라서 지금은 체급이 아예 다른 선수들과 겨루고 있는 꼴이건만.

사레 걸려 기침하는 할머니를 두고 호들갑을 떠는 친척들을 바라보며 현이 그런 생각을 하는 동안 놀랍게도 아빠는 언제 술잔을 비웠는지 얼굴이 불콰해진 모습이었다. 면허 정지된 지 며칠이나 됐다고 이래. 현의 귓속말을 모르는 체하며 아빠는 다시 술잔을 비웠다.

"아유, 오빠는. 천천히 드세요."

고모의 핀잔에 친척들의 이목이 집중되자 아빠는 어깨를 옹송그린 채 비굴함이 어린 미소를 지었다.

"사업한다는 종자가 저렇게 절제력이 없어서야."

요즘 세상은 모든 게 너무 풍족해서 문제라고 할머니는 말했다. 애들이고 어른이고 절제할 줄을 모르는 게 다 그 때문인데 철이 나기도 전에 전쟁과 피난을 겪은 사람의 눈에는 다들 복에 겨워 보인다는 것이었다. 그간의 경험상 다음으로는 가난과 굶주림에 시달린 세월에 대한 하소연이 나올 차례였으므로 현은 자리에서 일어나 화장실로 향했다. 세간이 적은 자취생이라면 이사를 들어올 수도 있을 법한 공간에 놓인 욕조에는 변함없이 할머니가 몸을 씻고 재활용하기 위해 모아둔 물이 절반쯤 차 있었다. 귀퉁이가 해진 얇은 수건의 감촉은 놀랄 만큼 뻣뻣했다.

재산으로 가치를 매길 만한 것이 아니면 결코 지갑을 열지 않는 할머니. 자리로 돌아온 자신에게 다시금 쐐기를 박듯 코 수술을 하라고 이르는 할머니를 바라보며 현은 문득 전에 해본 적 없는 생각을 했다. 만일 할머니의 인생을 토대로 영화를 만들고 자신이 할머니의 젊은 시절을 맡아 연기하게 된다면 어떨까 하는 것이었다. 그렇다면 전쟁과 굶주림에 시달린 일을 흘려듣지 않고 할머니가 겪은 고통을 세세히 이해하기 위해 애쓸 것이다. 생애 최초로 낳은 아이가 고열에 숨이 넘어가는 와중에 약 한 첩 써보지 못했던 한에 관해 들을 때면 함께 눈물을 흘릴지도 모른다.

지금의 자신보다 더 어린 나이에 할머니는 그 모진 일들을 겪었다. 그 점을 인식하자 지금껏 지긋지긋해하던 면면을 이해하지 못할 것도 없겠다는 생각은 그러나 찰나에 그치고 말았다. 큰아버지의 어설픈 연기 때문이었다.

"저희가 왜 모르겠습니까. 우리 어머니 고생하신 생각

만 하면 제가 눈물이 앞을 가려서……."

할머니의 손을 쥔 큰아버지는 아직 눈가에 맺혀 있기만 한 눈물이 흐르기라도 하듯 어깨까지 들썩거렸다. 질 수 없다는 양 눈물 공세에 가세하는 고모를 보며 현은 친척들에게 모두 배우를 해도 되겠다고 뇌까리는 자기 모습을 떠올렸다. 그 말을 입에 올리면 할머니는 다시금 다 같이 코부터 손보고 와야 한다고 하시려나. 눈물을 연기하는 사람들 앞에서 혼자 웃을 수는 없었으므로 현은 온갖 슬픈 추억을 떠올리기까지 하며 실소가 터지는 상황을 간신히 모면했다.

그러나 그런 현의 노력을 알 리 없는 아빠는 할머니 댁에서 나와 차에 오르자마자 어쩌면 그렇게 입을 꾹 닫고 앉아 있을 수만 있느냐며 분통을 터뜨렸다.

"형님 댁 며느리처럼 살가운 것까지는 바라지도 않아. 그래도 그렇지, 그렇게 꿔다 놓은 보릿자루처럼 있을 거면 뭣 하러 왔어."

"왜 이래. 몰라서 물어? 다들 가게일 보느라 바쁘다고 하도 사정을 해서 온 거 아냐. 따질 거면 할머니한테 가서 따져. 옛날 얘기 좀 그만하고 어디가 오를지나 좀 찍어주시라고. 그럼 나도 리액션 끝내주게 할 테니까."

"이것아 내 말은……."

"아, 경고음 안 들려? 안전벨트나 하고 말해." 짜증스레 내지른 뒤 조금 누그러진 음성으로 현은 말을 이었다. "다음에 할머니 댁 올 때는 언니 데려오면 되잖아. 내가 원래 그런 주변머리가 없는 걸 어떡해."

아빠가 코웃음을 치더니 입을 열었다. "주변머리 없는 줄 알면, 고쳐야 될 거 아니야. 그런 사람을 두고 헛똑똑이라고 하는 거야."

"사람은 원래 고쳐서 못 써. 그러니까 아빠 입에서도 지금 또 술냄새가 나겠지." 현이 창을 반 뼘쯤 열고는 덧붙였다. "운전하는 사람 그만 긁고 취했으면 차라리 한숨 자."

"아무튼 애비한테 한다는 말버릇 좀 봐 이거. 너는 어? 머리에 피도 안 말랐을 때부터 그렇게 너만 잘났다고 말이야, 다 지가 잘해서 잘된 거라고, 그 유난을 떨다가 팍삭 망하고도 그 버르장머리를 못 고쳐서 말이야."

"아빠, 정신 차려." 현의 음성이 딱딱하게 굳었다. "이렇게 나온다고?"

"왜? 내가 없는 말 하냐? 너희 엄마가 너 띄우려고 손이 발이 되게 뛰어다녔는데. 어? 자기가 못 이룬 꿈이지만 현이 너한테는 가능성이 보인다고 그렇게 좋아했는데. 그때 너희 할아버지 할머니도 동네방네 얼마나 자랑을 했었는 줄 아느냔 말야. 너만 좀 싹싹하게만 굴었으면 우리 집이 오늘날 이런 대접받고 살았겠어? 좀 제대로 사는 것 같이……."

옆자리에 앉아 씩씩거리는 아빠의 목소리 위로 사는 게 구차하다던 음성이 겹쳐졌다. 제주도에 머무르던 시기에 아빠는 곧잘 그런 말을 했다. 이 꼴로 하루하루 사는 게 치사하고 구차하다고. 이렇게 사는 게 무슨 의미가 있겠느냐고. 처음에는 애들 앞에서 말조심하라던 엄마가 들은 척도 하지 않게 되는 데 몇 달이 채 걸리지 않을 만큼 지겹게 반복되는 한탄이었다. 현 역시 한 귀로 듣고 한 귀로 흘렸다. 그러나 얼마 지나지 않아 아빠가 감행할 일을 알았더라면 마냥 무시할 수는 없었을 것이다.

그날 있었던 일에 관해 물을 게 있다는 현의 말에 무슨 소리냐고 되묻는 아빠의 음성이 떨렸다. 자신도 떨고 있나 싶어서 현은 운전대를 쥔 두 손을 흘끗 바라보았다. 사실 현은 이 순간을, 아빠에게 제주에서 있었던 일을 따져 묻는 순간을 여러 차례 그려보았다. 적정한 때가 오기를 기다려왔다고도 할 수 있었다. 고함을 치고

울부짖으며 따지게 될 줄만 알았는데 막상 맞닥뜨리자 외려 마음이 가라앉으며 무거운 한숨이 흘러나왔다. 차분히 갓길에 차를 멈춰 세운 후에 현은 입을 열었다.

"나는 요즘도 불안한 일이 생기면 연기가 나는 꿈을 꿔. 상태가 안 좋을 때는 자주 그래. 아빠는 안 그래?"

"너는 갑자기 무슨 얘기를……."

"무슨 얘긴지 알잖아. 그때 내가 산 건 그걸 다 토해서잖아. 그 딸기우유를 다 토해내서. 그게 무슨 상황이었는지 여태 내가 모르고 산 줄 알았어?"

루 미

3월의 셋째 주를 맞이한 루미의 목표는 소박했다. 화요일과 목요일에 있는 초급반 수영 강습에 한 번이라도 참석하는 것. 그러나 루미는 이틀 모두 강습에 나갈 수 없었다. 월요일 퇴근 직전에 딸이 학원에서 식은땀을 흘리며 쓰러졌다는 연락을 받은 김 선생이 공교롭게도 목요일까지 출근을 못하게 되었기 때문이다. 그 바람에 루미는 화요일부터 대학병원 시절을 떠올리게 할 만큼 쉴 틈 없는 사흘을 보내게 되었다.

금요일에 출근한 김 선생은 며칠이 아니라 가혹한 몇 해쯤을 보내고 온 것처럼 초췌한 얼굴로 면목이 없다며 연신 고개를 주억거렸다. 그간 다이어트를 향한 딸의 집착을 더욱 부채질할까 봐 가급적 덤덤히 보아 넘기려고 애써왔던 김 선생은 딸이 쓰러질 지경에 이르도록 상황을 제대로 파악하지 못했다는 점에 자책이 큰 눈치였다. 그러나 초등학생들이 국내에 수입되지 않은 식욕억제제를 몰래 구해 복용하는 일을 과연 어떤 부모가 예상 범위 안에 넣을 수 있을까 싶어서 루미는 한숨이 나왔다. 원장 역시 자책할 일이 아니라며 김 선생의 어깨를 두드려주었다.

"어쨌거나 이제는 안정을 찾았어요. 원장님께서 배려해주신 덕분이에요."

김 선생은 전에 없이 깍듯하게 예의를 차려 인사했고 며칠간 한바탕 폭풍이 몰아친 일터의 금요일은 여느 때보다 차분하게 흘러가는 듯했다. 루미는 어쨌거나 김 선생의 어린 딸이 심각한 부작용 없이 회복되어가고 있다는 데 안도했으며 또한 오늘이 금요일이라는 점에, 목요일이 이미 흘러가버렸다는 사실에 안도했다. 점심 식사 후에 김 선생이 커피를 사면서 이번 주에 톡톡히 신세를 졌다는 말을 반복했을 때는 손사래를 치면서 생각했다. 실은 덕분에 죄책감을 느끼지 않고 수영 강습에 빠질 수 있었다고.

수영 기초 강습을 신청하고 수영복을 주문하던 지난

달만 해도 루미는 근거 없는 기대를 가지고 있었다. 물에 대한 두려움은 막연한 것이므로 용기를 내어 직면하면 허무하리만치 수월하게 벗어날 수 있을지도 모른다고 여기며 제법 설레기까지 했다.

그러나 막상 기초 반 강습 첫날 그동안 루미가 품고 있었던 막연한 두려움은 생생한 실존적 공포가 되었다. 탈의실에서부터 식은땀이 나더니 물 안에 들어서자 가슴이 뻐근하게 조여들며 숨이 가빠지기에 이른 것이다. 급기야 잠수 연습을 하는 순간에는 수심이 자기 키보다 낮다는 사실을 빤히 알면서도 공포심에 이성을 잃고 발버둥 쳤다. 끈이 끊어진 마리오네트 인형처럼 다리에 힘이 들어가지 않아서 헛발질하다가 강사가 내민 손을 필사적으로 잡고 일어나며 그녀의 팔에 할퀸 듯한 상처까지 남기고 말았다.

강사가 물에 빠져 생명의 위기를 겪었던 일이 있는지 물었을 때, 루미는 어린 시절에 그런 것 같기도 하다는 불확실한 대답밖에는 할 수 없었다. 어린 시절 친척들과 함께 놀러 간 야외 풀장에서 미아가 된 경험이 있지만 그에 앞서 물에 빠진 일이 있었는지 어떤지까지는 알지 못했기 때문이다. 확신할 수 있는 것은 그날 이후 아빠가 자신의 소재와 연락에 집착하게 되었다는 것. 오직 그 점뿐이었으므로.

그날 마지막 환자의 수납을 마친 후에 소화제를 삼키는 루미를 보고 김 선생은 목소리를 낮춰서 속삭였다.
"또 체했어요? 그럴 때는 사실 약보다도 손을 따는 게 제일인데."
"원장님 들으시면 펄쩍 뛰시겠네요."
"그래서 작게 얘기하잖아요. 사실 바늘이랑 실만 있으면 나도 손 잘 따는데."
싱긋 웃는 김 선생을 보면서 루미는 반희를 떠올렸다. 학창 시절에 체기로 괴로워하다가 반희에게 손을 맡기고 나서 겨우 조퇴를 면한 일이 수십 번은 되었다. 반희네의 도움으로 수학 과외를 받으며 취약하던 수학 성적을 올릴 수 있었고, 소풍과 현장학습 날이면 반희의 어머니가 준비해준 도시락을 받은 일도 여러 차례였다. 간호대학에 다닐 때는 학교 앞까지 찾아온 반희의 어머니가 실습하는 데 드는 돈에 보태라면서 봉투를 쥐여주고 간 적도 있었다.

집으로 돌아오는 길에 루미는 그렇게 지속적인 도움

을 받고 성인이 되었건만 반희네 어머니에게 찾아가서 제대로 감사를 표한 적이 없었다는 점을 새삼스레 깨달았다. 그뿐인가, 반희와 연락이 끊겨서 충격을 받았다는 현의 말조차 지금껏 무심히 넘기고 있었다. 어쩌면 그렇게 무신경할 수 있을까. 이쯤 되면 사회성이 낮은 차원에서 그치는 게 아니라 인격 자체의 결함이 아닐까. 루미는 부끄러움을 느꼈다. 점점 더 기분이 가라앉는 와중에도 저녁상에 올릴 만한 반찬이 있는지, 장을 봐야 하는지 점검하며 습관처럼 마트로 향하고 있다는 점에 신물이 나서 코끝이 시큰거렸다.

우뚝 멈춰 선 루미는 걸음을 돌려 집으로 향하면서 아빠에게 "앞으로 식사는 알아서 챙겨 드세요"라고 선언하는 자기 모습을 떠올려보았다. 이모가 소개해준 센터에서 일하게 되어 정말 제주로 간다면 언제고 벌어질 일이었다. 그리하여 혼자 남는다면 아빠는 자기 걱정은 하지 말라고 하면서도 필시 매끼를 간편식으로 해결할 것이다. 루미는 그 상황 자체에 가책을 느끼지는 않는다. 다만 그러다 건강이 상해서 아빠가 쓰러지거나 수술을 받을 일이 생기기라도 한다면 연락을 받을 사람은 오직 자신밖에 없다는 점을 명확하게 의식하고 있었다. 누구도 나누어 지지 않을 그 짐을 상기하며 연거푸 한숨을 쉬던 루미는 국숫집 덕이네의 간판을 발견하고 이끌리듯 길을 건넜다.

덕이네의 입구에는 신메뉴인 동치미국수의 출시를 알리는 전단 아래 가게 앞의 화분 및 점포 소유의 재화를 무단 절취 시에 법적 조치를 취하겠다는 내용을 적은 A4용지가 붙어 있었다. 국숫집의 주인은 비빔국수 포장을 주문하는 루미를 처음에는 알아보지 못한 채 주문을 받았다가 이내 쩍 소리 나도록 크게 박수를 치고는 루미의 한쪽 팔을 붙잡았다.

"어머, 이게 누구야. 심 선생님 따님이 오셨네."

"네. 그사이에 별일은 없으셨고요?" 루미가 물었다.

"그럼요. 그날 경찰들한테 혼구멍이 났겠다, 심 선생님 말씀대로 CCTV도 달았겠다, 그 인간 한동안은 얼씬도 못 할 거예요. 참, 그날 얼마나 놀라셨어그래. 세상에 내가 심 선생님 따님이신 줄도 모르고 계산을 해버렸네. 염치도 없이. 당장 취소할게요."

"아니에요, 사장님. 그러지 마세요."

국숫집 사장은 괜찮다고 거절하는데도 결재를 취소하게 카드를 달라고 거듭 청했다. 그러는 와중에 가게 문이 열리고 자기 딸이 들어서자 반색하며 저녁을 먹으러 왔느냐고 묻는 어투에 다정함이 흘러넘쳤다.

"응. 오늘은 운동을 못 했으니까 동치미국수 면은 반만."

"그래, 덕이야 이분은······."

"알지, 엄마." 덕이가 자기 엄마의 말허리를 자르며 민트빛 휠체어 바퀴를 굴려서 테이블 사이를 부드럽게 지나 루미 앞으로 왔다. "파출소에서 뵈었죠. 그때는 갑자기 놀라셨을 텐데, 실례가 컸습니다."

깍듯이 인사를 건넨 후 덕이는 친근한 어투로 식사를 하고 가라고 권했으며 루미가 속이 편치 않다며 사양하자 비빔국수를 포장하면서 동치미 국물을 따로 챙겨 드리면 되겠다고 정리했다. 지구대에 허겁지겁 뛰어갔던 그날과 마찬가지로 상황을 갈무리하는 것은 덕이의 몫인가 싶어서 루미는 웃음이 났다.

루미가 파출소에 들어섰을 때 과호흡 직전의 상태에서 헐떡이며 가슴을 치고 있던 국숫집 주인과 그녀 옆에 서서 안절부절하지 못하던 아빠, 그런 두 사람을 타오르는 눈길로 노려보고 있는 국숫집 주인의 전남편 사이에는 일촉즉발의 기운이 흘렀다. 어떻게 된 일이냐는 루미의 질문에 아빠가 저 사람이 국숫집 사장님의 어깨를 먼저 밀쳐서 말리려던 것뿐이었다고 입을 열기 무섭게 전남편은 근거가 있느냐며 악을 써댔다. 그때 파출소에 들어와서 근거를 제시할 수 있다고 말한 이가 덕이였다.

"우리 가게 옆집에 무인 편의점이 새로 들어선 거 모르시는 거 같은데요. 거기는 실내만이 아니라 입구에도 CCTV가 있어요. 실외용 CCTV가 몇 미터 반경까지 찍히는지는 여기 계신 경찰분들한테 직접 한번 물어보시고요."

커버를 씌운 듯 바퀴 전체가 민트빛인 휠체어에 앉은 덕이는 떡 벌어진 어깨에 활달한 음성을 가진 엄마를 닮은 듯 상체가 다부져 보였다. 그녀는 더없이 차분한 목소리로 생부가 가게 앞에 있는 화분이나 배송된 식재료를 가져가는 식으로 행패를 부린 게 처음이 아니라고 밝혔다. 그럼에도 더 큰 소란을 피우게 될까 봐 참고만 있던 엄마가 영업시간 중에 나타나 기웃대는 모습을 보고 주의를 주려 했을 뿐이라는 것이었다. 그럼에도 생부가 먼저 몸을 밀친 데다 말리려 나선 단골에게까지 욕설을 퍼부으며 시비를 걸었다는 대목에 이르자 루미의 아빠도 자기가 하려던 말이 그것이라며 맞장구를 쳤다.

생부라는 사람은 덕이의 말이 채 끝나기도 전에 눈에 띄게 기가 죽었다. 반면에 루미의 아빠는 그가 어깨를 옹송그릴수록 기세등등해지는 것 같았다. 심 선생님이 나서주셔서 봉변을 면했다며 눈물을 글썽이던 국숫집 주인이 이내 눈물을 터뜨리자 아빠는 전에 들어본 적 없을 만큼 힘 있는 어투로 이제 괜찮다고, 언제든 곤란한 일이 있으면 자신이 한걸음에 달려갈 테니 연락을 달라고 말했다.

"아주 새서방이라도 될 참이다 이거야?"

덕이의 생부가 으르렁대며 아빠 앞으로 다가서자 경찰관이 두 사람 사이를 막아섰다. 루미는 그때까지 굳어 있던 아빠의 얼굴에 실소가 번지는 것을 보았다. 딱하다는 듯 절레절레 고개를 젓더니 아빠는 이렇게 말했다.

"이봐요, 신경 꺼. 이제 와서 악을 쓰는 게 무슨 소용이야? 사장님이 새서방이 아니라 새서방 할애비를 들인다고 해도 댁은 할 말이 없는 사람 아니냐고. 처자식 다 버리고 내뺀 인간이 염치가 없어도 유분수지."

포장해 간 국수를 건네며 덕이가 한 번 더 감사의 인사를 전하더라는 말을 꺼냈을 때, 아빠의 입에서는 별일이라는 말이 나왔다.

"덕이가 저녁을 먹으러 들르다니 말이야, 국수 먹고 공부하면 졸린다고 주말에만 먹겠다더니."

"그런 것까지 알고 계셨어요?" 아빠를 따라 식탁 앞에 앉으며 루미가 되물었다.

"걔가 아주 영특한 애야."

"그래 보이더라고요."

"정치외교학 전공한단다. 크게 될 애야. 장사 잘돼, 자식 둘 다 번듯해. 이제 와서 아쉬워졌는지 생부라는 인간이 얼쩡거리더니 그 사달이 난 거야. 자기는 수급자 신세니까 아쉬웠던 거지. 자식을 둘이나 낳고 멀쩡하게 잘 살다가 둘째가 사고 당해 휠체어 신세가 되니까 도망간 놈이 말이야, 이날 이때껏 휠체어 한 번 닦아준 적 없는 놈이. 애비 자격이 어디에 있어서? 말이야 바른말이지, 애초에 처자식을 버리는 게 사람이 할 짓이냐 말이야. 도리가 아니지. 그건 인간의 도리가 아니야."

덕이네의 과거와 현재 상황을 모두 파악하고 있는 아빠는 국숫집 사장님의 전남편이 의심하듯 정말 연애라도 하고 있는 모양이었다. 연애라. 루미는 한 번도 아빠와 연결시켜본 적 없는 그 말을 입안으로 굴려보았다.

사실 각자 사별과 이혼을 겪은 동년배의 두 사람 사이라면 얼마든지 일어날 수 있는 일일 터였다. 집에만 틀어박혀 있던 아빠에게는 퍽 다행인 일이기도 했다. 그 덕에 조금이나마 끼니 걱정을 덜게 되었다는 지극히 현실적인 계산도 스쳤다.

다만 국수 면발을 씹어 삼키면서 자식을 버린 인간의 무도함을 거듭 논하는 아빠의 모습이 루미는 어쩐지 마음에 걸렸다. 덕이의 생부를 욕하는 아빠의 어투는 감히 자신은 떠올려본 적조차 없는 일을 저지른 인간의 행동에 경악한 사람처럼은 보이지 않았던 것이다. 그보다는 자신 역시 흔들렸지만 겨우 유혹에 이겨내 백기를 들고 줄행랑친 인간을 내려다보며 우쭐거리는 기색에 더 가까워 보였다.

언제였던가. 고모를 향해 자기는 딸만 없었다면 내일 당장이라도 목을 매고 싶다고 울먹이던 아빠의 음성이 귓가를 스쳤다. 그와 같은 위기의 순간이 아빠에게도 여러 차례 찾아왔을 것이라고 루미는 생각했다. 현실의 짐을 모두 내려놓고 아내를 따라가버리고 싶은 순간, 더 나은 환경과 교육을 제공하겠다는 말을 믿고 딸을 낯모르는 이들에게라도 넘겨줘버리고 싶은 순간, 덕이네 모녀 앞에 설 때처럼 더 밝고 대범한 모습으로 살아갈 수 있는 곳으로 훌쩍 떠나버리고 싶은 순간이. 그때마다 아빠는 안간힘을 내서 겨우 참아왔을 것이다. 그런 만큼 덕이의 생부와 마주하자 이 집에서 내빼지 않고 지나온 세월이 자랑스러워 스스로를 치하하고 싶은 모양이었다.

루미는 덕이네에서 포장해준 동치미 국물을 컵에 절반쯤 부은 뒤 선 채로 꿀꺽꿀꺽 마셨다. 차디차고 알싸한 국물을 들이켠 후에 기세 좋게 국수 면발을 들어 올리는 아빠의 정수리를 내려다보았다. 환갑이 다 되는 사람치고는 머리숱이 참 많고, 흰머리가 적은 편이었다. 그래서 그런지 여태껏 남들보다 큰 고민거리나 스트레스를 받지 않고 살아온 것처럼 보였다. 물론 자신을 버리지 않고 버틴 시간 동안 나름의 고민과 고통은 있었겠지만. 따라서 자식을 버린 사람을 욕할 자격도 있을 테지만. 그러나 도리를 저버리지 않은 것과 도리를 다한 것이 같은 말은 아니라고, 아빠와 덕이의 엄마가 지어온 짐의 크기는 결코 같지 않다고 루미는 되뇌었다. 그 말을 입 밖에 내버리지 않기 위해서 컵에 남은 동치미 국물을 삼켰다. 무엇을 마시느냐는 아빠의 질문에 대꾸하기가 귀찮아서 동치미가 든 통을 건네주고 자기 방으로 들어왔다.

불을 끌 기운도 나지 않아서 형광등 불빛을 그대로 받으며 침대에 누워 있던 루미가 현의 전화를 받은 것은 잠들기 직전이었다. 목소리가 왜 이렇게 가라앉아 있느냐는 현의 물음에 루미는 한마디로 설명하기 어렵다고 대답했다.

"안 그랬으면 좋겠는데······." 루미가 한숨을 쉬었다. "나도 성격에 은근 꼬인 데가 있는 것 같아."

"합격. 이제 좀 안심이 된다." 현이 잘라 말했다. "너도 정상이었구나. 이런 세상에서 살면서 꼬인 데가 전혀 없다면 그거 좀 비정상이거든. 한두 군데는 좀 꼬여 있는 게 현대인의 기본 옵션이니까."

"정말?"

"그럼."

"수영을 강습 끊어놓고 여태 딱 한 번밖에 못 간 건?"

"그것도 지극히 정상이지. 강박증이나 공포증 한두 개도 기본 중에 기본이니까."

그렇다면 사람을 상대하고 치료하는 직업을 가졌으면서 가능한 한 사람이 적은 곳에 가서 부대끼지 않으며 살고 싶은 것도 기본이 되고 정상이 될 수 있을까. 그 이야기는 입 밖에 내지 않고 어쨌거나 수영을 배워야 하는 일이 여전히 고민이라는 루미의 말에 현은 채찍보다 당근을 먼저 주는 식으로 돌파구를 찾아보라는 안을 냈다.
"그 센터가 제주에 생기는 거라며. 먼저 제주에 가보면 꼭 가고 싶어서 용기가 날지 또 알아? 한번 가보자, 루미야. 내가 같이 가줄게."

현

 루미와 제주에 온 첫날 현은 자그마한 편집숍에서 발견한 나무 접시에 마음을 빼앗겼다. 점원은 현이 살피는 접시가 가구를 제작하고 남은 자투리 조각을 가공하여 만든 것이라며 다가오더니, 삼나무로 만든 제품은 색이 불그스름할수록 향이 짙게 난다는 특성을 귀띔해주었다. 현은 흐릿한 억새 빛깔 위로 저마다 다른 형태의 나뭇결을 드러내고 있는 접시를 골똘히 들여다보고 향기를 맡으며 마치 나무 접시를 살 목적으로 제주에 온 사람처럼 고심을 거듭했다. 최종적으로 낙점한 것은 손바닥만 한 크기의 원형 접시였다. 나뭇결이 층층이 드리운 곡선이 참새의 깃털처럼 짙은 빛을 띠고 있었다.

 그날 저녁 현은 숙소에 도착하자마자 루미가 챙겨 온

연잎 차를 전기 포트 가득 우려 나무 접시 위에 올려두었다. 그러고는 찻잔을 채우기 위해 주전자를 들 때마다 차의 온기로 데워진 접시의 향을 맡았다. 포트에서 흘러내린 물방울로 얼룩이 생긴 부분은 색도 향도 더 짙게 도드라졌다. 루미는 질리지도 않는지 연신 나무 접시를 코끝에 가져다 대는 현의 모습을 사진으로 담으며 키득거렸다.

"걱정 마." 루미가 말했다. "이건 나만 볼 거니까."

이른 저녁 식사로 전복 솥밥을 먹었을 때 루미는 전에 없이 음식 사진을 찍었다. SNS라도 시작했느냐고 물었더니 아빠에게 전송할 것이라는 대답이 돌아왔다. 매일 한 장씩 사진과 함께 메시지를 보낼 테니 연락은 그쯤만 하자고 다짐을 받아두었다는 것이었다. 현의 입에서 장족의 발전이라는 말이 나오자 루미는 손을 내저었다. 일단 못 박아두기는 했는데 과연 얼마나 실현될지는 모른다면서. 솥밥의 숭늉을 마실 즈음 기대 이상으로 산뜻한 답신이 도착했을 때는 수저를 든 채 한동안 미동 없이 휴대전화 화면을 내려다보았다. 식사 맛있게 하고, 같이 간 친구와도 즐겁게 보내라는 메시지 아래에는 웃는 얼굴의 이모티콘까지 붙어 있었기 때문이었다.

"남들은 대학 들어가자마자 떼는 일을 나는 왜 이제 시작했을까." 루미가 한 번 더 휴대전화 쪽으로 시선을 던지며 허탈하다는 듯 내뱉었다.

"너만 그래? 너희 아빠는 이제야 알바 시작했다며."

"그러게. 면허 갱신하실 때만 해도 진짜 하시는 건가 싶었는데, 하실 만한가 봐. 다행이지 뭐."

루미의 아빠가 서빙을 돕고 배달을 하러 국숫집을 찾는 것은 주말과 공휴일뿐이라고 했다. 어쨌거나 주기적으로 집 밖 출입을 할 일이 생기고 적으나마 고정 수입도 생겼다니 한시름 놓았다고 현은 안도했다. 숙소에 돌아오고 밤이 되도록 루미에게 더 이상 연락을 하지 않는 점 또한 다행인 일이라 여겼다.

문제는 루미를 향해 거듭 다행이라는 말을 입 밖에 내는 동안에도 한편으로는 떠올려봤자 침울해지기만 하는 옛 기억이 꼬리에 꼬리를 물고 이어진다는 것이었다. 그것은 물론 마침내 제주에 와 있기 때문일 터였다. 매캐한 냄새가 나는 어지러운 꿈 안에 한 발을 걸치고 있는 듯한 느낌을 떨치기 위해 현은 루미가 내린 연잎차를 끊임없이 홀짝이고 삼나무 접시를 코끝에 가져다 댄 채 나무 향이 감도는 공기를 깊숙이 들이마셨다.

반복해서 차를 내리고 마시는 사이 초저녁부터 물에 젖듯 점점 더 몸을 무겁게 만드는 식곤증의 파도에 먼저 함락된 것은 루미였다. 서귀포의 맛집들을 추천해주겠다는 성지와 메시지를 주고받느라 조금 더 버틴 현조차 채 밤 11시가 되기 전에 잠이 들었으므로 이튿날에는 평소보다 두 시간 가까이 일찍 깼다.

두서없는 몇 가지 꿈을 꾸었지만 이른 시각에 저녁 식사를 마치고 향기로운 것들을 가까이한 후 잠든 덕에 컨디션은 나쁘지 않았다. 모로 누운 현은 침대 옆으로 난 너른 창밖으로 보이는 이름 모를 작은 섬과 섬 주위를 맴도는 새의 무리에 시선을 던졌다. 더 먼 하늘 위로 생겨난 비행기구름은 맑은 창공 위에 빗금을 긋듯 비스듬한 흰 선을 길게 이어가고 있었다. 현은 모로 누운 채 몸과 마음의 사정이 일치한다면 숙소 근방의 산책로를 거닐며 더 가까이 바라볼 수 있을 풍경을 고작 몇 분쯤 응시하다가 여느 날과 같이 스마트 폰부터 집어 들었다.

현이 잠든 사이에 온 메시지는 훈이 보낸 것이었다. 그는 신기한 것을 보여주겠다는 문구와 함께 유튜브 영상의 링크를 걸어두었는데 섬네일에는 과학 실험과 간식 만들기의 결합이라며 한천 가루와 과일로 젤리 만드는 방법을 알려주겠다고 적혀 있었다. 그다지 흥미가 가는 분야는 아니었다. 그가 이틀 전에 전송한 메시지에 걸려 있는 건강 정보 기사의 내용도 마찬가지였다. 그리고 그 점은 실상 훈에게도 마찬가지일지도 몰랐다. 그는 그저 성지처럼 자연스럽게 안부를 묻는 데 능숙하지 못해서 인상적인 뉴스나 영상을 발견했다는 구실에 기대는 것일 뿐일 테니까.

어쨌거나 성지가 2, 3일에 한 번씩 연락을 남기고 훈도 가세했다는 점이 말하는 바는 한 가지. 겨울잠을 자듯 틀어박혀 있던 2월을 지난 후에도 여전히 자신이 위태로워 보인다는 점이며 그럴 때는 약속한 바에 따라서 귀찮아도 가급적 전화를 받고 메시지에는 답장을 보내야 했다. 입에서 귀찮다는 말이 새어 나오자 루미가 현에게 무엇이 귀찮으냐고 반문했다.

"아니, 그냥……." 현이 말끝을 흐렸다. "오늘 날씨 좋다."

맞장구치는 루미의 노곤한 목소리에서 현은 희망을 느꼈다. 원래 오늘의 일정은 루미가 지원하고자 하는 아쿠아 센터가 들어설 중산간 지역을 둘러보고 그곳의 경치가 내려다보이는 브런치 카페에 다녀오는 것이었지만 어쩌면 루미도 귀찮은 마음이 드는 게 아닐까 싶었던 것이다. 어쨌거나 여행을 제안한 입장에서 먼저 일정을 포기하자는 말을 꺼내는 것은 저어되었던 현은 작은 볼륨으로 훈이 보낸 영상을 틀어보았다.

"요즘은 말이야. 그 사람의 진짜 모습을 보려면 유튜브 알고리즘을 보면 된다더라." 루미가 말했다.

"아, 인정." 현이 영상을 멈추며 대꾸했다. "그래도 지금 내 건 좀 애매해. 훈이가 자꾸 이것저것 보내서 걔 취향이 섞여 있거든."

루미가 어디 보자며 현의 침대로 건너오자 현은 과학 실험 영상 아래로 이어지는 추천 영상의 목록을 보여주었다. 루미의 입에서 "어머, 이 사람!" 하는 감탄사가 나온 것은 세 번째로 뜬 섬네일을 본 순간이었다. 영상을 재생시키자 밝은 탈색모에 볼의 절반을 가리는 큼직한 뿔테 안경을 쓴 모습이 만화 속 캐릭터 같은 느낌을 주는 유튜버가 딸기 표면에서 직접 채취한 씨앗을 심어서 싹을 틔워보겠다고 말했다. 그녀가 생글생글 미소 짓자 통통한 뺨이 강조되면서 만화 캐릭터를 연상시키는 느낌이 한층 더 또렷해졌다. 현이 원래 알던 채널이냐고 묻자 루미가 고개를 저었다.

"실은 연초에 우리 병원에 온 적이 있어. 올해 영업 첫 날이어서 기억해. 병원에 들어오는 순간부터 그 전에 어디서 본 적 있는 사람이다 싶더니, 김 선생님이 보여 준 영상에서였었네. 이렇게 밝게 혼자 있는 걸 보니까 꼭 딴 사람 같다."

"연초부터 보호자까지 대동하고 왔으면 많이 아팠었나 보지?"

"아니야. 환자 정보를 말할 수는 없지만 원래는 병원에 올 만한 사안도 아닌 일이었어."

영상에서 보이는 어투에는 저토록 자신감이 넘치건만 건강 염려증이라도 있는 것일까. 현은 고개를 갸웃했다가 건강에 큰 문제가 있는 것은 아니라니 다행이라고 대꾸하며 기지개를 켰다.

"우리 어릴 때도 이런 식으로 배울 기회가 있었으면 과학 포기 안 했을 텐데. 물론 너야 과학도 수학도 포기 안 했겠지만."

"나도 수학은 많이 약했어. 고등학교 때 과외 선생님 덕에 간신히 방어한 거야." 루미가 웃었다. "그분은 수학이 사랑이라고 그랬었는데."

"뭐가 어째?" 현이 질색하며 오만상을 썼다. "그런 수업을 들었다니 점수 좀 맞자고 영혼을 팔았네."

"왜 수학이 사랑인지 들어볼래?"

현은 팔을 붙잡으며 묻는 루미를 됐다며 가벼이 밀쳐내고 일어나서 전기 포트에 물을 받아왔다. 어느새 바람이 거세졌는지 차를 마시는 사이 창밖의 야자수 잎사귀가 거세게 나부껴댔다.

"그 과외는 말이야." 루미가 가벼이 한숨을 쉬더니 현과 눈이 마주치자 나직한 음성으로 입을 열었다.

"수학 얘기는 됐다고."

"우리 집 형편에 그런 과외를 받을 수 있었던 건 반희 어머니 배려 덕분이었어. 반희 혼자 받을 과외를 나랑 같이 듣게 해주셨거든."

"그랬었구나."

"응. 아빠는 반희 어머니 연락처 아니까 감사하다는 메시지라도 좀 보내달라고 했더니 뭐라고 써야 할지 모르겠다고 자꾸 미루는 거야. 연락에 집착하면서 막상 꼭 연락을 해야 하는 일은 미루니까 황당하더라고. 결국 포기하고 내가 보냈지. 이 은혜는 잊지 않겠다고." 루미가 손에 든 찻잔을 내려놓으며 긴 한숨을 내쉬었다. "간호대는 말이야, 2학년쯤 지나면 알바는 어림도 없거든. 알바는커녕 실습 나갈 때마다 이것저것 돈 들 일이 많은데 그걸 어디서 들으셨는지 반희 어머니가 실습 때 쓰라면서 그때 내 계좌에 돈을 넣어주신 적이 있어. 우리 엄마랑 친구셨다지만 어쩌면 이렇게 마음을 써주실까, 내 계좌번호는 어떻게 아셨을까 어안이 벙벙했는데 어떻게 아셨을 것 같아?"

"설마" 하며 손끝으로 이마를 받치며 현이 고개를 떨궜다.

"맞아. 아빠가 알려준 거였어. 반희 어머니가 물어보셨다면서. 보통 그런 얘기는 마음만 받겠다고 하고 거절하지 않느냐고 그랬더니 아빠가 뭐라고 그랬더라……. 확실히 기억은 안 나는데 아무튼 그제야 엄청 놀라는 얼굴인 거야."

"미치겠네, 정말."

"그때 그 벙찐 아빠 얼굴이 지금도 기억나. 그때쯤이 아빠 상태가 제일 안 좋을 때기도 했고, 사람은 원래 아예 예상을 못 하고 있던 일에는 어떻게 대처해야 할지 우왕좌왕하니까 이해를 해보려고 해도…… 잘 안 되더라."

"이해할 건덕지가 있어야 말이지."

"그래. 되게 창피했어. 나도 이해가 안 가는데 남들 눈에는 어떻게 보일까 싶고. 그다음부터는 반희한테 연락이 와도 아빠 때문에 창피하다는 생각이 들어서 슬슬 피하게 되더라고. 반희네에 그렇게 신세를 져놓고. 은혜를 잊지 않겠다고 그래 놓고 말이야. 이런 거 보면 검은 머리 짐승은 거두는 게 아니라는 말이 맞나 봐."

쓰게 웃는 루미의 찻잔을 채워주며 현은 지난 2월을 떠올렸다. 멍하고 흐릿한 상태에서 자신도 누군가에게 어처구니없는 실수를 하거나 상처를 주었던 일은 없을까 싶은 생각이 스치자 오싹했다. 공포에 가까운 수치심. 루미는 아빠로 인해 얼마나 여러 차례 그런 감정을 느끼고 홀로 삭이며 버텨왔을까 싶어서 코끝이 시큰거렸다. 여기서 자신이 울어버리면 안 되리라는 생각에 현은 실내가 건조하다며 벌떡 일어나 마스크 팩으로 얼굴 가리고 왔다.

"너는 말이야, 동양 철학의 근본 원리를 좀 깨쳐야겠다." 하얀 마스크 팩으로 표정을 지운 현이 짐짓 농담조로 입을 열었다. "세상사가 다 연결돼 있는데, 네가 은혜라고 여길 만한 일을 베풀고 사셨으면 어떻게든 반희네한테 복이 다 돌아가지 않겠니."

"그래야 될 텐데." 루미가 희미한 미소를 지었다.

"네가 연락을 안 하고 살아서 몰라 그러는데 반희의 이십대 자체가 그 반증이라니까? 솔직히 말해볼까? 내가 작년에 마지막으로 봤을 때 뭐라고 했는지? 반희 너는 막 안달복달 속을 끓이면서 애타게 기다리는 마음이 어떤 건지 아예 모를 거라고 그랬어. 봐, 나는 지금도 기다리는 영화 개봉을 그때도 기다리고 있었잖아. 반희는 그럴 일이 없어요. 세상 재밌고 힙하고 좋은 것들이 걔 앞에 줄을 서 있다니까. 남편 될 남자만 해도 그래. 첫눈에 반해서 계속 반희가 자기한테 마음 열기를 기다리고 있었대."

상대가 자신에게 첫눈에 반했더라는 표현은 물론 반희가 스스로 입 밖으로 낸 것이 아니었지만, 이야기의 맥락상 빤한 일이라고 현은 추측할 수 있었다. 사진에서 본 인상도 마찬가지였다. 지난해 이맘때쯤 반희가 SNS 계정에 올리곤 했던 두 사람의 사진에서 반희의 연인은 늘 주체 못 할 애정이 넘쳐흐르는 눈빛으로 반희를 응시하고 있었던 것이다.

평소에는 계정에서 일 관련된 포스팅을 하지 않던 반희가 그즈음에는 완공을 목전에 두었다던 복합문화공간과 건물 주변의 관광지를 배경으로 한 사진을 곧잘 올렸었던 일도 기억났다. 은근한 홍보 효과를 노렸는지 로컬 체험 관광 코스와 특산물을 가공한 기념품을 적은 태그가 줄줄이 달려 있던 그 사진들 속에서 반희는 하나같이 밝은 활기를 품은 세련된 사람들과 그림 같은 경치에 둘러싸여 있었다. 복 받은 삶의 모습이 있다면 바로 그런 모습이리라고 여겼던 일이 생생했다. 그러니 아마 지금쯤은 그때의 경험을 살려 신혼여행을 대신하는 세계 일주라도 떠났을지 모르는 일이라고 현은 말했다.

"힙한 데만 골라서 여행을 하다가 하다가 우리 같은 사람들은 들어보지도 못한 지구 반대편 작은 해안 마을에서 우연히 만난 거야. 걔 스튜어디스 시절에 안면을 텄던 손님하고. 그런데 그 사람은 반희네 커플을 엄청 반기면서 이런 얘기를 하는 거지. 자기가 나고 자란 마을의 아름다움을 알리고 싶어서 작은 호텔을 지었는데, 무뚝뚝한 시골 사람이다 보니까 서툴기만 하다고. 반희네 커플은 뭐, 강원도에서 이것저것 기획해본 경력도 있겠다, 그 말을 듣자마자 아이디어가 막 샘솟는 거지. 그렇게 운명적으로 거기에 정착을 하게 됐을지도 몰라. 그러니까 반희는 네가 꿈꾸는 〈사운드 오브 뮤직〉 배경지 같은 데서 이미 살고 있는지도 모른다니까? 그러다 아마 내년쯤이면 어머, 내가 지금 어디 산다는 말 안 했던가? 하면서 자기 보러 오라고 연락 올걸? 그때 같이 가자. 아, 김치랑 고추장은 네가 챙겨라. 은혜 갚으려면 무거워도 좀 참고."

어쩌면 그렇게 구체적으로 읊을 수 있느냐며 루미는 웃었다. 혹시 망상도 현대인의 기본 옵션 중 하나에 들어가느냐는 장난스러운 질문에 현은 물론이라고 대답했다.

"몰랐는데 반희가 스튜어디스도 했었구나." 루미가 말했다. "다행이다. 걔 어릴 때 그게 꿈이었잖아."

반희가 해보고 싶은 일을 해본 게 그것 하나뿐이겠느냐고 대꾸한 현은 이제 밥을 먹으러 나가자며 옷을 챙겨 입었다. 그러는 와중에 어딘지 모르게 석연치 않은 기분이 들어서 일부러 더 씩씩한 척을 했다. 간밤에 성지가 추천해준 식당을 신이 난 듯 읊어댄 후에는 불길하게 쿵쿵대는 심장박동을 진정시키기 위해 조용히 심호흡했다. 왜 이런 기분이 드는 것일까. 마지막으로 만났을 때 반희에게서 불안해할 법한 어떤 기색이 비쳤던 것도 아닌데.

현은 그날의 기억을 되짚어보다가 도리질을 쳤다. 정말

이지 막연한 불안감에 휩싸이는 것은 질색이었다. 루미의 팔짱을 껴며 이 순간 혼자 있지 않다는 점을 다행으로 여겼다. 걸어서 갈 수 있는 거리에 고사리 해장국집이 있는 점 또한 마찬가지였다. 도톰한 고사리가 푹 익어서 씹지 않고도 삼킬 수 있을 만큼 부드럽게 풀려 있는 국물에서는 전에 느껴보지 못한 감칠맛이 났다. 따끈하고 되직한 국물을 천천히 떠넘기는 동안 현은 서서히 정체를 알 수 없는 불길함과 거리를 둘 수 있었다.

땀이 밴 이마를 닦으며 식당에서 나왔을 때 루미는 배를 꺼트릴 겸 근방을 산책하자고 말했다. 여느 때와 달리 적극적이다 못해 단호한 어투였다. 산책을 원하는 마음의 크기 때문이 아니라 중산간으로 향하는 일을 그만큼이나 미루고 싶기 때문이라는 점을 눈치챈 현이 망설이는 사이에 루미는 벌써 몇 걸음이나 앞서 걷고 있었다. 그런 루미의 뒷모습을 사진에 담은 후 걸음을 따라잡은 현에게 루미는 아쿠아 센터의 입지가 꿈에 그리던 일터와 얼마나 가까운지 이야기하기 시작했다.

낙후된 리조트를 허물고 건설 중인 아쿠아 센터는 두 개의 오름 사이에 위치하는 형태라고 했다. 이용자들이 한 달여간 체류하며 각종 중독 치료 프로그램에 참여하는 재활센터로 운영될 이곳의 특징 중 한 가지는 '아쿠아'라는 가칭이 표방하듯 수중에서 진행하는 프로그램이 다수 마련돼 있다는 것. 다른 하나는 이용자들 전원이 다인실이 아닌 별장 형태의 개인 숙소를 이용하는 식으로 럭셔리하게 운영된다는 점이었다. 럭셔리라는 표현을 거듭 강조하는 소개글은 다소 부담스러웠지만 그만큼 의료진 및 스태프 한 명에게 할당되는 환자 수도 적고, 상주 의료진에게 제공될 숙소 환경도 훌륭해 보이더라고 루미는 말했다. 완공된 숙소동 건물의 창밖 풍경은 실제로 〈사운드 오브 뮤직〉의 배경지가 부럽지 않더라고 한 뒤에는 먼 하늘 쪽으로 시선을 던졌다.

"수중 프로그램 운영하는 전문가는 따로 있을 텐데, 간호사도 꼭 수영을 할 줄 알아야 된대?" 현이 물었다.

"물에 뜨기만 해도 된대."

"아, 너 뜰 수는 있어?"

"아니."

때마침 두 사람 앞으로 지나가는 자전거를 가리키며 현은 수영을 하고 물에 뜨는 것도 자전거 타는 방법을 배우는 것과 마찬가지라고 강조했다. 어깨를 늘어뜨린 루미의 팔짱을 끼고서는 요령을 익히는 데까지 시간이 걸릴 뿐 해본 적 없는 상태에서 가능한 상태로 바뀌는 것은 찰나의 순간일 것이라고 말했다.

"나도 영화 찍으면서 피아노 배울 때 처음에는 엄청 애 먹었거든. 그래도 손 마디마디가 시큰거릴 만큼 하다 보니까 확실히 늘더라. 그러니까 너 자신한테 시간을 좀 주라고. 기왕 온수 풀 있는 호텔 예약했으니까 이따가 물에 담갔다가만 나와 보는 거야. 오늘은 그거면 돼."

대꾸할 말이 있는 듯 입술을 달싹였지만 이내 입을 다문 루미가 돌연 걸음을 멈춰 섰다. 그러더니 주변에서 꽃향기가 나는 것 같지 않느냐고 물었다. 아카시아 나무인 것 같다는 말에 현은 고개를 저었다. 아카시아꽃에서 나는 농밀한 달콤함보다 좀더 가볍고 풋풋한 향. 5월의 제주를 물들이는 귤꽃 향기가 틀림없었다. 현이 장담한 것처럼 길의 모퉁이를 돌자 두 사람 앞으로 나란히 늘어선 몇 그루의 하귤 나무가 등장했다.

성인 어깨 높이 정도의 키를 가진 나무는 광택이 도는 풍성한 잎사귀 사이에 족히 주먹 서너 개는 됨직한 크기의 노란 열매를 주렁주렁 매달고 있었다. 이미 열매가 맺혔음에도 가느다란 흰 꽃잎 다섯 장이 별 모양을 이루는 꽃과 새끼손톱만 한 꽃망울이 함께 보인다는 점을 짚으며 루미가 고개를 갸웃했다. 하귤은 원래 꽃과 열매의 순서가 섞여 있는 것인지, 혹은 뒤죽박죽인 날씨에 의해 생육에 혼란이 나타난 것인지는 현 또한 알 도리가 없었다. 다만 확실한 것은 어린 시절에도 이 나무를 보고 향기를 맡은 적이 있다는 사실이었다. 큼직한 열매를 가리키며 이름을 묻자 자기도 처음 봐서 모르겠다던 엄마가 이튿날 동네 어르신에게 들었다며 하귤이라는 이름을 알려주던 일이며, 겨울에 열매가 열리는 다른 귤나무도 같은 시기에 일제히 별 모양 꽃을 피운다고 덧붙이던 일이 생각났다. 산들바람이 불던 어느 날 귤나무 아래 섰을 때 풍선껌으로 불어 만든 풍선 안에 들어가 있는 것만 같다고 여겼던 일도 기억났다.

문득 현은 이 하얀 꽃의 향기를 채집할 수 있으면 좋겠다고 생각했다. 풍선 안에 귤꽃 향을 가득 채워 넣고 한 상자쯤 간직해두었다가 또다시 원인을 알지 못하는 불안감이 몸과 마음을 침투하려 할 때마다 하나씩 터뜨려볼 수 있다면. 그러면 향긋한 봄 내음에 잠시나마 숨쉬는 일이 수월해지리라고.

다음 순간에는 럭셔리를 강조하는 센터에서라면 아로마오일을 활용하여 엇비슷한 서비스를 제공할지도 모른다는 데 생각이 미쳤다. 루미는 그럴지도 모르겠다며 고개를 끄덕였으나 센터에 관한 화제를 듣자 곧장 표정이 어두워졌다.

숙소에 돌아온 후에도 한동안 침대에 누워서 천장을 쳐다보고 있던 루미는 현이 그만 포기할까 여긴 시점에 일어나더니 마침내 수영복을 꺼내 들었다.

풀의 수온은 부담 없이 미지근한 온도였다. 저녁 식사 시간에 가까워진 덕인지 열 명쯤 들어간다면 꽉 찰 듯한 규모의 풀 안에는 두 사람뿐이었다. 루미는 다행이라며 물속으로 들어갔는데 얼굴만 봐도 어깨가 얼마나 단단하게 굳어 있을지 짐작될 정도로 긴장한 상태였다. 물속이라고 하더라도 이렇게 고개를 드러내놓고 걷는 데까지는 저항감이 크지 않다고 루미는 중얼거렸다. 그러나 고개를 물 안에 넣고 잠수하는 것부터는 전혀 진도가 나가지 않는다고 했다.

"일단 내 손을 잡고 엎드려보면 어때? 아니면 여기 있는 봉을 잡아도 되고." 현이 풀 안으로 들어오는 계단 쪽의 철제 난간을 짚으며 말했다. "그러다 익숙해졌다 싶으면 살짝 놔봐. 내가 계속 옆에 서 있을게."

"그럼 얼굴을 물 안으로 넣어야 되니까 겁이 나

서……."

"천장을 보고 눕는 건? 양손으로 등을 받쳐 줄게."

루미는 손사래를 치더니 비슷한 방법을 시도했다가 일순 패닉에 빠져 허우적대는 바람에 수영반 선생님의 팔을 할퀸 적이 있다고 새빨리 덧붙였다. 결국 물 안에서 발을 떼기 위해 루미가 시도한 방법은 팔을 뒤편으로 구부린 불편한 자세로 철제 난간을 붙잡고 발끝을 살짝 띄우는 것이었다. 극히 부자연스러운 자세로 몇 분쯤 물에서 하반신을 살짝 띄우고만 있던 루미가 조금씩 발을 차내기 시작했을 때 현은 박수를 쳐주었다. 그런 다음 반대쪽으로 이동해서 다리를 잡아줘볼까 싶은 생각이 들어 걸음을 떼었을 때였다. 얼굴을 찌푸리며 동작을 멈춘 루미가 비명을 내지르며 몸부림을 치기 시작했다.

다리에 쥐가 났으면 등을 구부려 온몸을 둥글게 마는 게 가장 빠른 방법이라고 외쳤지만 오른팔을 부들부들 떨며 철제 난간을 쥔 손을 놓지 않는 루미에게는 불가능한 일이었다. 현은 겁에 질려 몸부림치는 루미의 등 뒤편으로 다가가다 얼굴을 얻어맞았다. 휘청이는 사이에 입안으로 물도 들어왔으므로 콜록대며 세 번을 시도한 끝에 루미를 뒤편에서 끌어안았다. 그러고는 팔다리에

멍이 들도록 수영장 벽에 부딪쳐가며 겨우 물 밖으로 끌어낼 수 있었다.

 방으로 돌아와 뭉친 다리의 근육을 풀면서 루미는 얼빠진 목소리로 모르겠다는 말을 반복했다. 수영장에서 사라져 반나절간 미아가 됐던 날의 기억이 몇몇 장면만 빼고는 사라져버렸기 때문에. 그 탓에 실제로 물에 빠진 경험이 있는지조차 자신은 알지 못한다고 했다.

 그런 일은 얼마든지 일어난다는 사실을 현도 잘 알고 있었다. 어떤 기억은 지나치게 강력해서 휘발되어버리고, 또 어떤 기억은 설마 그런 일이 정말 나한테 있었던 것일까 믿기지가 않아서 거듭 떠올리는 사이에 불투명해져버린다. 탁해진 기억 위로 덮개를 덮어두고 거들떠보지 않으려 애쓰는 사이에 부옇게 먼지까지 쌓이고 나면 확신할 수 있는 것은 더 적어져만 간다. 현에게는 지울 수 없는 상처가 된 기억을 떠올리지 않기 위해 애를 쓰는 시기와 거듭 되살아나는 기억을 떨치기 위해 도리질하는 시기가 번갈아가며 찾아왔다.

 "그게 제주에서 있었던 일이라 그때 이후로는 사실 이번이 처음 오는 거야. 그래서 얍삽하게 네 핑계 대면서 같이 오자고 한 거야. 나 혼자 올 엄두가 안 나서."

루 미

 어떤 새는 작은 구슬 몇 개를 짤랑거리듯 울었다. 긴 휘파람을 불 듯 우는 새가 있는가 하면 짧게 흐느끼듯 우는 새소리도 곧잘 들려왔다. 바다가 내려다보이는 벤치에서 쉬어가기로 한 루미는 산책을 나선 이래 마주친 사람의 수가 한 손에 꼽을 정도밖에 되지 않는다는 사실을 깨닫고 잠시 그 점에 관해 생각해보았다. 아침 산책길에 사람보다 몇 배나 많은 수의 작은 새들과 스치는 이런 곳에서라면 꿈에 그리던 한적한 생활이 가능할까. 쉬이 감이 오지 않는 것은 그만큼 그간 그려왔던 이상이 막연했던 탓이리라는 자각이 들었다. 부연 안개로 수평선의 경계가 흐릿하게 바래 보였다. 바람이 세졌고, 잠시 뒤에는 더욱 거세게 불어와 옷깃을 여몄다. 바다 위를 소리 없이 날던 갈매기 한 마리가 강풍에 맞서 힘겨운 날갯짓을 반복하고 있었다. 루미는 앞으로 나아가기 힘에 부치는 듯 제자리를 겨우 지키는 갈매기를 응시하다 이내 온 길을 되돌아가기 시작했다.

나올 때는 20분이 채 걸리지 않았던 길을 30분 넘게 걸어서 지친 몸으로 호텔에 돌아왔을 때 현은 한쪽 다리를 침대 옆으로 늘어뜨린 채로 비스듬히 누워 있었다. 간밤에 되새긴 기억에 두들겨 맞은 것처럼 보이는 모습이었다.

"이불이라도 덮고 있지." 루미가 현의 침대에 걸터앉으며 말했다. "언제 깼어?"

"너 나가는 소리는 들었어." 현이 쉰 목소리로 대꾸했다.

"어디 아픈 건 아니지? 어제 잠 설치는 것 같던데."

"꿈이 지랄 맞아서 그렇지 몸은 멀쩡해." 현이 몸을 살짝 일으키더니 옆으로 누웠다. "씻고 와. 차라리 일찍 체크아웃하고 이동하자. 마지막 날인데 오늘은 중산간에 가봐야지."

루미는 한숨을 쉬는 것처럼 들리는 애매한 감탄사를 뱉게 되었는데 중산간 지역을 목적지로 두고 가볼 필요까지 있을까 하는 의문이 뒤늦게 들었기 때문이었다. 서

귀포 방면에서 공항 쪽으로 가다 보면 아마도 중산간 지역을 통과하게 되는 것이 아닐까 싶기도 했다. 그렇다면 공항에서 여기까지 왔을 때에도 이미 한 번 지나왔을 것이다. 그 정도면 족하다 싶은 마음이 샤워를 하고 짐을 챙기는 동안 점점 더 분명해졌다.

"그래도 나중에 후회하지 않겠어?" 현이 얼굴에 선크림을 펴 바르며 물었다.

루미는 대답 대신 짐에서 꺼낸 옅은 회색 티셔츠 한 장을 현 앞에 펼쳐 보였다. "이거 한번 입어볼래? 첫날 산 건데 나한테는 좀 작아서."

현이 삼나무 접시 앞에 넋을 잃고 서 있는 동안 편집숍 내부를 살피다 골라 든 티셔츠는 앞면 가득 각기 다른 방향으로 흩뿌려 놓은 듯한 열 개의 귤 알맹이가, 뒷면에는 알맹이를 잃고 남은 귤껍질이 그려진 것이었다. 이틀이 지나서 보니 자신이 직접 골라 샀다는 사실이 놀라울 따름인 그 옷은 현에게 맞춘 것처럼 맞았으며 잘 어울리기도 했다. 회색 역시 무채색이건만 현이 늘 걸치는 검은 색과 발랄한 무늬가 있는 옅은 회색 옷의 차이가 이토록 크다는 사실에 루미는 놀랐다.

"화사해 보인다. 아, 그렇다고 평소에 칙칙해 보인다

는 건 아닌 거 알지?"

"선크림도 안 바른 얼굴로 밖에 나가는 기분인데." 거울 앞에 비스듬히 선 현이 말했다.

"선크림 발라 놓고 뭘." 루미는 벗지 말고 얼른 그 위에 입으라는 듯 현의 카디건을 어깨에 걸쳐주며 대꾸했다. "이건 정말 네 옷이다."

현은 고개를 갸웃했으나 다시 갈아입는 게 귀찮다며 카디건에 팔을 꿰었다. 나갈 준비를 마치자 다소 기운을 차린 듯 아침 겸 점심으로 김밥이 어떠냐고 묻는 목소리가 밝았다.

"성지 언니 픽 중에 김밥집도 있거든. 당근 들어간 것도 맛있고, 오독오독한 무가 들어간 것도 괜찮대. 포장해서 바다 보면서 먹자."

바람은 여전히 센 편이었지만 아침보다 더 기온이 올라가서 볕이 드는 곳은 어느새 후텁지근한 기운마저 돌았다. 두 사람은 먼저 김밥을 포장한 후에 음료수를 사기 위해 편의점으로 향했다. 루미가 지네의 사체를 본 것은 편의점에서 나온 직후의 일이었다. 카디건을 벗어서 허리에 묶는 현의 왼발 옆에 있는 게 무엇인지 알 수 없어서 고개를 수그렸을 때, 루미는 현의 발 사이즈에

버금가는 길이의 사체에 깜짝 놀라 손에 들고 있던 음료수를 떨어뜨릴 뻔했다. 현은 왜 그러냐며 덩달아 뒷걸음질 치더니 "와, 얘도 참 오랜만에 본다" 하며 진저리를 쳤다.

"제주도에서는 가끔 한 번씩은 보게 되는 거거든. 이 괴물을."

과연 살아 있었더라면 절로 괴물이라는 말이 나왔으리라고 루미는 생각했다. 족히 한 뼘은 되는 길이에 수많은 발을 달고 번들거리는 검은 몸으로 움직이고 있었더라면 줄행랑을 쳤을 것이다. 그러나 설령 괴물이라는 말이 연상되는 생물체라 하더라도 죽은 지 상당한 시간이 흘러 지푸라기 빛깔로 바싹 마른 사체는 모종의 서글픔 같은 것을 품고 있었다. 살아 있었다면 필시 두렵고 징그러웠을 생명체가 겨우 흔적만 남아 말라가기까지 고통 속에 죽어간 사실을 떠올리게 했다. 이래서 그랬구나, 하고 루미는 언젠가 현이 모욕감을 준 제작자를 향해 지네처럼 말라 죽으라고 욕하던 일을 떠올리게 되었다.

"왜 자꾸 웃니?"

현이 물었을 때 루미는 대답 대신 들고 있던 김밥 한 알을 건넸다. 해변의 정자에 자리를 잡고 앉은 후에도 아기 새처럼 입을 벌려 김밥을 받아먹던 현은 차에 오르고 나서 한동안 말이 없더니 원래 이번 여행을 계획하면서는 중산간에 들렀다가 어릴 때 자기 가족이 살았던 동네를 보고 올 셈이었다고 했다. 그런데 막상 제주에 도착하자 굳이 가볼 필요가 있는지 알 수 없다는 생각이 들더니 점차 그 생각이 분명해진 모양이었다. 어째서 마음이 당초의 계획에서 반대편으로 기울어 간 것인지 스스로도 이유를 모르겠다고 현은 말했다.

"그냥 대충 너 때문이라고 생각하면 안 돼? 애초에 중산간에 가기로 한 게 틀어져서 나도 김이 샌 걸로."

"그래, 그런 걸로 해." 루미가 지체 없이 대꾸했다. "나 때문에 이렇게 멍까지 들었으니까."

서귀포 시내를 빠져나가자 차창 밖으로 녹색 물결이 이어졌다. 윤기가 도는 싱그러운 연둣빛 잎사귀는 이 봄에 새로 돋아난 것임에 분명했다. 너른 초지의 풀 위에는 샛노란 알갱이를 흩뿌려놓은 듯한 작은 들꽃들이 일렁거리고 있었다. 어쩌면 내가 매일 보며 살 수도 있었던 풍경이라고 루미는 생각했다. 얼마든지 일어날 수 있는 일이 아니라 일어날 수도 있었던 일. 어렴풋하게나마 이주의 가능성을 점쳐본 일이 이미 먼 과거처럼 느껴졌지만 그런 감정이 품고 있는 서글픔에 관해 현 앞에서 투정을 부릴 수는 없었다. 루미의 시선은 자신이 그다지 깊지도 않은 풀 안에서 이성을 잃고 몸부림치느라 현의 팔에 만든 푸른 멍 위로 향했다. 그러자 현은 신경 쓸 것 없다며 걷고 있던 소맷단을 당겨 멍 자국을 가렸다. 그러고는 이틀 꼬박 커피를 마시지 않았더니 한계에 다다른 것 같다고 화제를 돌렸다.

실제로 한 시간여 후에 제주 공항 근처의 카페에서 커피를 받자마자 현은 순식간에 잔을 비웠으며 이러다 오늘 밤에 후회할 것 같다면서도 한 잔을 더 주문했다. 그러고는 아직 온기가 남아 있는 잔에 왼쪽 손목을 가져다 대었다.

"괜히 미안해하지 마." 현이 말했다. "여기는 어제 네가 당겨서 시큰거리는 거 아니고 산재니까. 〈왼손을 위한 피아노 협주곡〉 연습하면서 왼손을 너무 많이 써서 그래."

"추석쯤 개봉한댔지, 이제 여름 지나면 금방이네."

"개봉이야 뭐, 해야 하는 거지."

"이번에는 꼭 할 거야. 느낌이 와." 루미가 고개를 끄덕이며 강조했다. "그 영화는 제목이 뭐야? 전부터 궁금했는데 물어볼 타이밍을 놓쳤거든."

"〈유령 피아노〉."

"공포 영화야?"

현은 고개를 저은 후에 오른손으로 왼팔을 쓸어내리고 나서 주먹 쥔 두 손을 아래로 내렸다. 루미는 한 박자 늦게 현이 수어를 하고 있다는 사실을 알아차렸다. 현이 오른손을 가슴에 댄 후에 동작이 헛갈리는 듯 고개를 갸웃했다.

"거울 앞에서 수어를 연습하면서 등장하거든. 안녕하세요, 제 이름은 은장이에요. 오늘부터 잘 부탁드릴게요, 라고 하는 건데 시간이 한참 지나고 보니까 이제 동작에 영 자신이 없네." 현이 겸연쩍은 듯 웃었다. "영화의 주인공은 시각장애가 있는 대학생인데 같이 살던 할머니를 여의고 작은 아파트에 혼자 남았어. 그래서 새로 들이는 하우스 메이트가 내가 맡은 역이야."

"청각이 아니라 시각 장애가 있는 사람이랑 같이 살 건데 수어는 왜……." 루미가 고개를 갸웃했다.

"피아노 앞에 앉아 있을 때만 멀쩡하고 그 외에는 헐렁하니 자꾸 삽질하는 역할이거든."

새로 살 집에 도착해서 호기롭게 인사말을 건넨 후에야 자신이 착각했음을 깨달은 은장의 사과를 들은 주인공은 폭소한다. 가족으로는 유일하게 곁에 남았던 할머니를 여의고 한동안 웃을 일이 없이 처져 있던 주인공은 이후에도 밝고 빈틈 많은 새 식구 덕분에 때로 귀찮지만 자주 웃는 일상을 꾸리게 된다. 한편 힘겨운 유학 생활을 끝에 자신의 피아노 연주 실력과 스타일에 회의감을 느끼고 귀국한 후 도망치듯 본가를 떠나 온 은장은 낯선 환경에서 분투하며 그때껏 셀 수 없이 들어왔던 음악과 수없이 보았던 악보를 새로운 시각으로 바라볼 수 있게 된다고 말하며 현은 미소 지었다.

"꽤 진지한 영환데, 어찌 됐든 처음에는 캐릭터에 반해서 욕심이 났어. 정이 많아서 툭하면 잘 울고 웃는 그런 사람 있잖아. 자꾸 사고를 칠 때는 짜증이 나다가도 미워할 수 없는 캐릭터. 그 말이 얼마나 좋았는지 몰라. 미워할 수 없는 역이라는 말이. 나도 이런 역을 다 해보는구나 싶었는데 선배의 아들이 사고를 쳐서 개봉이 밀릴 줄 알았어야지 말이야."

"이번에는 꼭 개봉할 거야. 영화도 재미있을 것 같아."

루미는 진심을 이야기했지만 자기 입에서 나온 말이 누구나 할 수 있는 말에 불과하다는 점을 인식했다. 간밤에도 마찬가지였다. 현이 어린 시절에 겪었다는 일을 듣고 한동안 놀라서 굳어 있다가 겨우 건넨 말이 참으로 큰 상처가 되었겠다는 것이었다. 그런 순간에 지극히 뻔한 말밖에는 떠올리지 못한다는 사실은 삶의 경험과 깊이의 측면에서 자신이 텅 비어 있다는 점을, 텅 빈 채로 나이 들었다는 점을 드러내는 것만 같아서 잔에 남은 커피가 썼다. 웅성거리는 말소리로 가득한 카페 안에 두셋씩 모여 앉은 다른 이들은 하나같이 친밀한 대화를 나누며 적절한 공감과 위로를 주고받고 있는 듯했다. 그들 중 한 명을 붙잡고 이럴 때 친구에게 무슨 말을 해주면 좋을지 물어보고 싶다는 덧없는 생각을 하고 있는데 현이 휴대전화를 가리켰다. 아빠의 연락임을 직감하고 긴장한 루미에게 온 메시지의 발신자는 예상대로 아빠였지만 내용은 전혀 예상치 못한 것이었다. 뿐만 아니라 현을 소리 내 웃게 만들었다.

"그렇지, 엄빠들은 이런 데서 오버할 때 보면 아주 대동단결이라니까."

아빠는 루미가 남자와 여행을 간 것으로 멋대로 전제한 채 그 점을 이해한다고 했다. 또한 여행까지 감행한 점을 보건대 진지하게 만나는 상대 같으니 언제든 좋으니 집에 한번 데려오라고 사뭇 진지하게 일렀다.

제주에서의 마지막 식사로 한치회가 든 비빔밥을 먹는 동안에 현은 본가에서 탈출하기 위해 불확실한 결혼에 뛰어들었던 이전 세대 여성들의 실책은 반복하지 않되, 그런 척하며 아빠의 오해를 활용하는 방안에 관에 논하며 눈을 빛냈다. 아빠 앞에서는 만나는 남자가 없다고 명확하게 선을 긋지 말고 상상의 여지를 남겨둘 것. 심지어 꽤 괜찮은 사람일지도 모른다는 인상을 풍겨서 조금씩 자유를 확보하라는 것이었다. 식당에서 나올 즈음부터 조금씩 흩날리던 빗발이 거세지며 공항에 도착한 지 얼마 되지 않아 비행이 지연되었다는 소식을 들었을 때는 쾌재를 불렀다.

"비 온 얘기는 쏙 빼고 예상보다 좀더 늦는다고 하면 되겠다. 그럼 우리가 이렇게 면세점에서 노닥거리는 시간이 짠. 너희 아빠한테는 너랑 남친이 애달파서 차마 못 헤어지는 시간으로 바뀌는 거야."

"아니 우리 아빠는 제주도 날씨 검색해볼 사람이라……."

시향지에 향수를 뿌려보던 현은 그럼 더 좋은 방법이 있다며 갈치와 옥돔 판매장으로 향했다. 얇은 무테안경을 쓴 그곳의 직원은 어르신의 선물을 고려하고 있다는 현의 말에 반색했는데 토막 내 손질한 갈치를 설명하다가 말고 현을 전에 본 적이 있는 것 같다며 골똘한 표정을 지었다.

"육지 분들일 텐데, 그럼 내가 어디서 뵀을까. 분명히 눈에 익은데……."

"가끔 그런 얘기 들어요." 현이 온화한 미소를 지었다. "좀 흔한 얼굴이잖아요."

"아이고 흔하기는, 이렇게 뽀얀 게 탤런트 같은데요 뭘. 가만있자, 우리 동창 딸 아닌가 몰라? 걔도 어릴 때부터 아주 백옥이었는데."

루미는 직원이 현을 기억해내기를 바랐다. 어릴 적 현의 활약상을 떠올리고 연기력을 칭찬하며 팬이었다고 고백해주기를. 그러면 제법 괜찮은 여행의 마무리가 될 것 같았다. 여차하면 입 모양으로 힌트라도 줄 심산으로 현의 등 뒤편에 서 있기까지 했지만 탤런트 같다는 말까지 꺼내놓았던 직원은 갈치를 고르고 계산을 마칠 때까지 끝내 현의 과거를 기억해내지 못했다. 복귀작이 개봉했더라면 옆에서 최근에 개봉한 영화를 보신 게 아니냐며 오지랖이라도 부려보았으련만. 루미는 다소 진이 빠진 채로 탑승을 기다렸고 탑승 후에는 기체가 흔들리는 줄도 모르고 혼곤한 잠에 빠져들었다.

묘한 일은 잠들어 있던 루미조차 눈을 번쩍 뜰 만큼 기체가 거칠게 출렁인 후에 일어났다. 기체는 몇 차례 더 요동쳤고 뒤편 좌석 어딘가에서 어린아이가 비명에 가까운 소리를 지르며 울음을 터뜨렸다. 아우성치는 사람들, 연기를 내며 추락하는 여객기, 물에 빠져 가라앉아가는 사람들의 이미지가 잠이 덜 깬 머릿속을 가득 채웠다. 급기야 이러다 비행기에서 죽는 게 아닐까 하는 불길한 생각마저 든 순간이었다. 현이 마치 루미의 생각을 들여다보고 있기라도 했던 것처럼 손을 잡아주더니 이렇게 말했다.

"걱정하지 마, 루미야. 아무 일도 안 일어날 거니까. 내가 알아. 우리 여기서 이렇게는 절대로 안 죽어."

현

 여기서 이렇게 죽지는 않겠지.

 탑승 중인 여객기가 비바람으로 요동칠 때, 운전 중 급정거할 때, 두통이 오래갈 때, 아주 춥거나 더울 때, 명백한 모멸감을 견디는 순간에, 심지어 일에 지장을 주지 않기 위해 모멸감을 짓씹어 삼키며 웃어야 할 때, '동반'이라는 단어와 마주하면 매캐한 연기를 들이쉬게 될 때, 그리고 딸기를 볼 때마다 현은 죽음을 떠올렸다. 지나치게 자주 죽음을 의식한다는 것을 잘 알고 있다. 그럼에도 이러다 죽을 것 같다는 공포에 휩싸이거나 죽고 싶다는 자살 충동에 시달리는 것과는 다르다는 점에서 위안을 찾았다. 이렇게 죽을 리는 없다고 되뇔 때마다 그 사실은 점점 더 굳건한 하나의 루틴이 되는 것 같았다.

물론 단단한 루틴이라도 꿈속까지 적용될 리는 없었다. 현은 잊을 만하면 한 번씩 그날의 기억이 뒤죽박죽 스며든 꿈을 꿨고, 꿈자리가 뒤숭숭할 것 같은 예감이 드는 날이면 잠을 청하는 일이 두려웠다. 루미와 여행을 마치던 날 역시 마찬가지였다. 전날 밤잠을 설친 데다 여독까지 있었던 터라 몹시 피곤했지만 덜컹거리던 비행기 안에서는 물론이고 집에 돌아온 후에도 쉬이 잠자리에 들 수 없었다.

 지친 몸으로 트렁크에 든 짐을 꺼내면서 현은 문득 아빠가 지금 자신과 같은 상황에서 드는 초조한 기분을 잊기 위해 술에 의지하는 것일지도 모른다는 생각을 했다가 이내 고개를 저었다. 명백히 선후가 뒤바뀐 생각이었다. 현의 아빠는 제주도에서 그 일이 있기 전에도 늘 지나치게 술에 기대어 사는 사람이었다. 일이 잘 풀리는 시점에는 나름대로 주변의 눈치를 보는 시늉을 했지만 열을 올리며 계획했던 일이 예상에서 틀어지기 시작한다 싶으면 사나흘에 한 번씩 몸을 가누지 못할 만큼 마셨다. 그리고 현에게 더 이상 방송 일이 들어오리라는 기대를 할 수 없게 되었을 즈음부터 아빠에게는 취하면 우는 버릇이 생겼다. 현의 유명세와 비례하여 치솟았던 매출이 꺾인 후 반년 넘게 적자를 보고 있던 피자집을 정리하고 도망치듯 엄마의 본가 근방으로 이주하면서 눈물은 점점 더 흔해졌다. 엄마는 물론이고 중학생이던 언니와 오빠조차 신세 한탄을 거듭하며 눈물을 떨구는 아빠가 언제 괴팍하게 돌변할지 두려워했지만 그에 앞서 지긋지긋해했다. 그해 추석에 아빠가 몸살 기운이 있다며 혼자 집에 남겠다고 했을 때 엄마는 내심 며칠이라도 떨어져 있을 수 있다는 사실에 안도하는 기색이었다.

"당신이라도 가야지." 아빠는 마치 늘 가족에게 관대한 사람이었다는 듯이 말했다. "애들 데리고 며칠 좀 푹 쉬다 와."

따라서 아빠가 애초부터 자신의 계획에 현까지 포함시키려 한 것이 아니었다는 점은 현도 알고 있었다. 하필 아빠가 핑계로 끌어 쓴 몸살 기운이 연휴 첫날 아침에 현에게 나타난 사실에는 아빠조차 당황했을 것이다. 실제로 아빠는 엄마가 집에서 나서기 전까지 현에게 엄마를 따라가는 편이 낫지 않겠느냐고 거듭 권했다. 하지만 전날 밤에 먹은 감기약이 덜 깬 현은 그날 점심이 훌쩍 지나도록 침대에서 옴짝달싹할 수 없었다.

흠씬 땀을 흘린 후 겨우 일어난 현에게 아빠는 배가

고프냐고 퍽 다정한 목소리로 물었다. 그러고는 대답을 듣기도 전에 요기를 하자며 옷부터 갈아입으라고 재촉했다. 현은 몽롱한 정신으로 엄마가 쑤어둔 죽이 있다는 점을 떠올렸으나 여느 때보다 다정한 어투로 바람이 세니 겉옷도 입으라고 권하는 아빠의 말을 따랐다. 기운이 나지 않아 카디건에 한 팔을 꿰고 나서 다른 팔을 버둥거리자 아빠가 직접 옷을 입혀주기도 했다. 그런 다음 조수석의 문을 열어준 낡은 차는 현이 처음 보는 것이었다.

원래 우리 집 차는 엄마가 타고 나가서 다른 차를 빌려왔다고 설명하던 아빠의 모습, 너 좋아하는 볶음밥을 먹으러 가자고 하던 어투는 평소와 하나도 다를 게 없었다고 현은 어렴풋이 기억했다. 식사를 하던 시점의 기억은 좀더 선명했다. 두 끼를 건너뛴 현이 볶음밥을 떠먹는 동안 아빠는 주문한 만두에는 손도 대지 않고 작은 잔에 술을 따라 마시며 그간 반복한 신세 한탄을 했다. 평소와 다른 점이 있다면 현의 탓을 하는 게 아니라는 점을 강조했다는 것이었다.

"야, 너라고 망치고 싶었겠냐. 아니지. 당연히 아니겠지. 전에야 아무리 내 자식이지만 원망도 했거든. 네가 조금만 더 예쁨 받게 굴어서 버텨줬으면. 권리금도 못

찾고 가게 뺄 일은 없었으련만. 피잣집만 지켰어도 내가 내 무덤을 파는지 알면서도 처가 앞까지 기어들어 올 일은 안 만들었을 텐데. 어찌나 억울하고 기가 막혀야지. 1년 전만 해도 분점 낼 생각 없냐면서 알랑거리던 인간들이 이젠 내 전화도 안 받아. 세상인심이 그렇게 지독하더라. 그러니까 이해가 가더라고. 이렇게 남들 마음이 내 뜻 같지가 않은 건데 어린 게 너도 힘들었겠지. 이제 4학년밖에 안 된 게 키만 멀대같이 커가지고 더 이상 귀엽지도 않다, 시건방지다 찍혔으니 빌어먹게 괴로웠을 거야. 그 괴로움을 아빠가 다 안다니까. 나도 다 잘해보려다가 여기까지 오게 됐으니."

남은 만두를 포장하겠느냐고 묻는 중식당 사장에게 고개를 젓고, 식대를 계산한 후 잔돈을 거슬러 줄 필요도 없다던 아빠의 모습도 현은 기억하고 있었다. 그때 아빠는 다소 신경질적으로 손을 내저었다. 그에 반해 딸기우유에 관한 점은 불분명했다. 어느 시점에 어디에서 꺼냈는지 떠올릴 수 없었다. 우유를 건네던 아빠가 손을 떨었던 것 같은데 그 점 역시 확실치는 않았다.

"너 먹기 편하라고 감기약을 이 안에 넣었으니까 끝까지 다 마셔야 돼."

"엄마가 약은 우유나 콜라랑 먹는 거 아니랬는데……."
"이건 그런 약 아니니까 괜찮아. 얼른 마셔."

미지근한 우유 안에 멍울진 가루 덩이가 씹혔던 일은 분명했으나 이후의 기억은 약기운 때문에 다시금 혼탁했다. 조수석에서 구역질하며 깨어난 뒤 아빠를 발견했던 게 얼마의 시간이 지나서였을까. 어쨌거나 눈을 떴을 때 현은 차 안에 혼자 있었고 아빠는 해안 도로변의 빈 건물 앞에서 일군의 무리에게 둘러싸여 있었다. 아빠를 불러보았지만 밖까지 들릴 리가 없었다. 구역질과 현기증을 느끼며 차 문을 열기 위해서는 있는 힘을 모두 쥐어짜야만 했다.

겨우겨우 문을 열자 여기에서 함부로 불을 피운 이유가 뭐냐고 따지는 사람들의 목소리와 오해라고, 억울하다고 강변하는 아빠의 목소리가 들려왔다. 아빠는 또 뭐가 억울하다는 것일까 여기면서 현은 거듭 아빠를 불렀지만 입술만 달싹거리는 수준이었다. 힘겹게 발걸음을 떼는데 걸음걸음마다 바닥이 출렁이더니 급기야 책장이 넘어가듯 수직으로 일어난 지면이 몸을 덮쳐왔다. 그러자 바닥에 쓰러진 현을 마침내 발견한 아빠가 자신을 둘러싼 사람들에게서 벗어날 기회를 놓치지 않고 부리나

케 달려왔다. 그 순간 아빠가 겨우 살았다고 안도했을지 어긋난 계획에 낙담했을지는 알 도리가 없었다. 또렷하게 각인된 것은 오직 냄새. 괜찮다며 얼른 집에 가자며 자신을 끌어안던 아빠의 겉옷에 배어 있던 매캐한 연기 냄새뿐이었다.

그날 이후 아빠는 변했다. 근본적으로 새사람이 될 리는 없었지만 최소한 엄마가 이혼을 결심하도록 만들지는 않을 만한 선 안에서 생활했던 것이다. 제주에 있는 동안은 큰외삼촌의 식당을 도왔고, 변함없이 술에 의지했지만 눈치를 살펴가며 몰래 마시는 식이었다. 말수가 줄었으며 현의 눈치를 살폈는데 커갈수록 더 심해졌다. 사춘기를 통과하며 그날 아빠의 옷에서 나던 냄새가 연탄불을 피웠을 때 나는 것이라는 점까지 알게 되었을 즈음에는 다른 가족들의 원성을 살 정도로 현에게 꼼짝 못하는 지경에 이르렀다. 두 눈을 부릅뜨고 담판을 지으려 나서면 아빠는 어떤 문제건 그저 현의 시선을 피하며 져주는 쪽을 택하고 말았다.

이 집 보증금도 그렇게 뜯어냈었지. 현은 거실 바닥에 드러누운 채 생각했다. 물론 자신은 어릴 때 번 돈을 정당하게 돌려받는 것뿐이라고 여겼으나 아빠는 자기 마음을 갈기갈기 찢어놓고 간다는 둥 엄살을 떨었다. 사정을 알지 못하는 오빠와 언니가 "아빠는 막내 말이라면 껌뻑 죽잖아" 하고 이죽거릴 때면 현은 헛웃음이 나왔다. 완전히 선후 관계가 바뀐 것 아닌가. 내 말에 껌뻑 죽는 게 아니라 나까지 죽이려고 했던 일이 찔려서 내 말을 들어줄 수밖에 없게 된 것뿐인데. 그 일로 인해 평생 연탄 연기를 피우는 고깃집 근처만 스쳐도 마음이 뒤틀리게 만들었으므로. 오랜 시간 아빠는 왜 그때 나를 데리고 죽으려고 했느냐는 질문을 품게 만들었으므로. 그악스러운 친척들을 만나고 돌아가는 길에 그때껏 참아온 질문을 입 밖에 냈을 때 어쩌다 보니 일이 그렇게 되었다는 말만 반복한 채 고개만 주억거렸으므로.

지금 술을 찾으면 아빠와 닮아가게 되리라는 점을 알면서도 현은 술 생각을 하며 자리에서 일어났다. 혼자 살지 않는다면 나을까. 바로 지금 누군가 곁에 있어준다면 좀더 참을 만할지도 모르겠다고 여기며 식탁 위에 놓아둔 휴대전화를 들자 성지에게서 온 메시지가 보였다.

현, 나랑 같이 재능 기부 안 할래?

전에는 같이 연극을 해보자더니 이번에는 재능 기부였다. 그 순간 현은 절로 '충'이라는 단어를 떠올렸다. 이

언니는 이토록 끈질기게 긍정적인 소리만 해대니 긍정충이라고 해야 할까. 아니면 재능을 운운하고 있으니 재능충이라고 해야 할까. 어쨌거나 충이라는 말이 어느 집단을 싸잡아 벌레라고 칭하는 접미사로 애용되는 이유를 비로소 알 것 같았다. 변함없이 에너지 넘치는 동료가 건넨 밝은 제안이 빛을 향해 달려드는 벌레 떼처럼 성가시고 짜증스럽게만 느껴지는 탓이었다. 재능 기부라니. 그런 일은 재능이 있다고 인정받고 있는 사람들에게나 가능한 것 아니냐는 자조적인 생각이, 그러니 번지수가 한참 틀린 제안을 받는 쪽도 하는 쪽도 한심스럽다는 생각이 벌레가 든 곳에 또 다른 벌레가 꼬이듯 이어졌다.

 냉장고를 열고 반쯤 비운 와인을 기어이 꺼내어 한 손에 술병을 든 채로 현은 루미에게서 온 메시지를 읽었다. 잘 들어갔느냐는 인사말 다음으로는 어젯밤에 네가 꺼내기 힘든 얘기를 했는데 자기가 제대로 대꾸도 못 했던 것 같아서 마음이 쓰인다고 적혀 있었다. 이미 시도해본 적 있겠지만 심리 상담을 받는 것도 편해지는 방법 중 하나라면서 뻔한 말밖에 하지 못해서 미안하다고 하는 말이 본인이 고백하듯 모조리 뻔한 것이어서 현은 웃음이 나왔다. 와인잔을 가지러 가다 말고 제자리에 우뚝 선 이유는 문득 반희가 떠올랐기 때문이었다. 루미에게 말하기 전에 현이 그 일을 온전히 털어놓은 유일한 대상이었던 반희. 어김없이 정지된 번호라는 알림을 예상하며 전화를 걸었을 때 평범하게 신호대기음이 들려서 외려 현은 놀랐다. 그리하여 신호대기음이 네 번쯤 울렸을 때였다. 수화기 건너편에서 익숙한 목소리가 들려왔다.
"현이야, 오랜만이다."

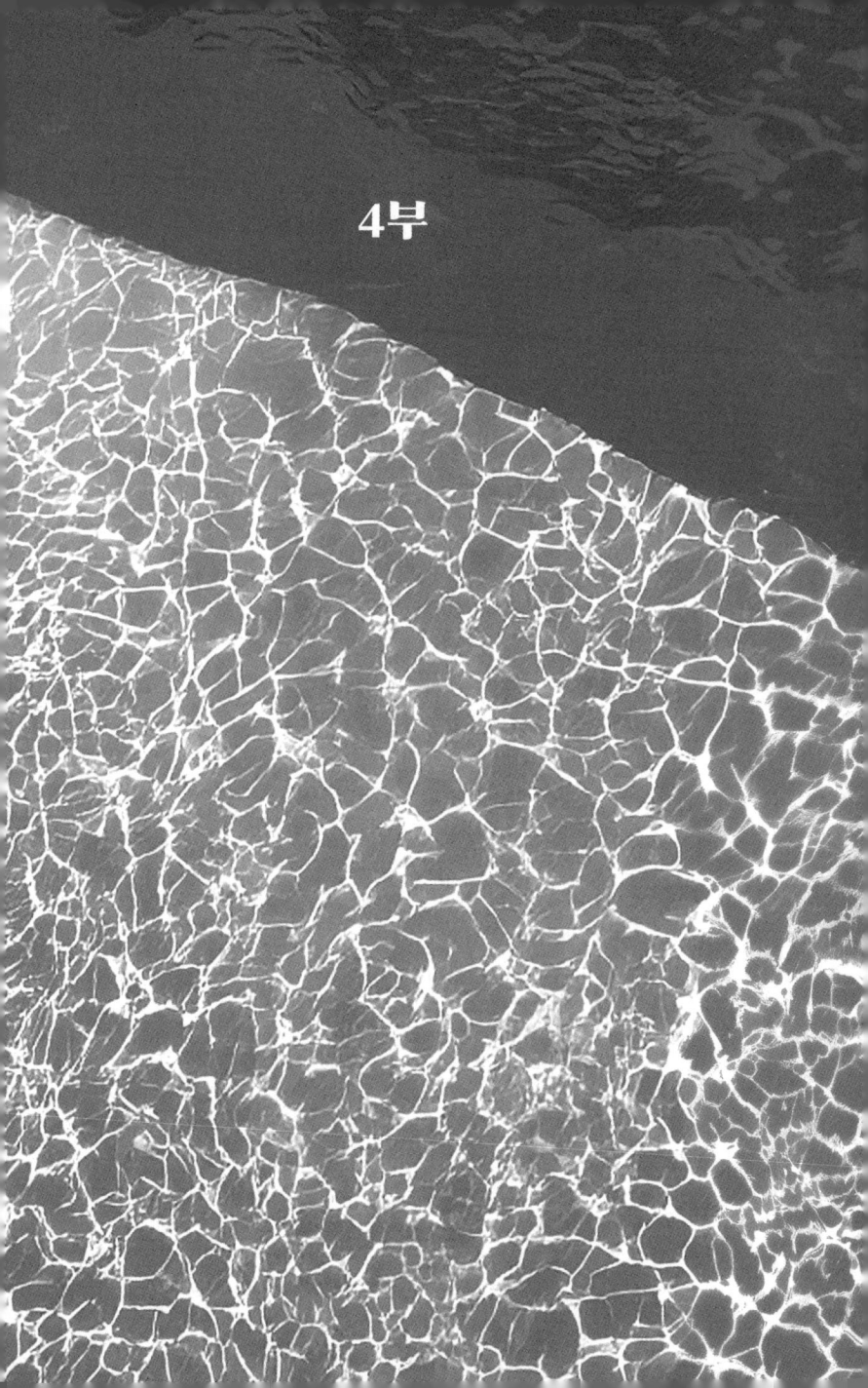

4부

반 희

 중원의 마지막 질문은 변함없이 서울에 언제 돌아오느냐는 것이었다. 반희는 며칠 더 있다 갈 셈이라고 답하고 통화를 마친 후에도 한동안 거실 소파에 그대로 앉아 있다가 이내 나무 퍼즐을 가지고 노는 조카 송이 앞으로 향했다. 송이는 나무 퍼즐을 틀에 맞추기보다 돌탑처럼 쌓아 올리며 노는 것을 좋아했고, 그보다 더 좋아하는 것은 애써 쌓은 퍼즐 탑을 무너뜨리는 일이었다. "이모가 먼저 무너뜨려야지!" 하고 탑으로 손을 뻗으면 터뜨리는 웃음소리는 숲속의 작은 새가 내는 소리처럼 맑고 밝았다.

 "반희야, 이제 저녁 먹자."

 먼저 송이의 손을 씻긴 후에 식탁 앞으로 향했을 때

반희는 눈이 휘둥그레졌다. 송이를 번쩍 들어 아이용 의자에 앉힌 큰언니가 앉지 않고 뭐 하느냐고 물었을 때는 감탄하는 중이라는 말이 절로 나왔다.

"그 짧은 사이에 어떻게 이걸 혼자 다 차렸어? 우리 언니가 언제부터 이렇게 손이 빨라졌나 몰라."

"송이 키우면서 는 거지 뭐." 큰언니가 송이가 먹을 새우를 가위로 조각내며 말했다. "중원 씨는 잘 지낸대?"

"응, 내일 작은언니 잘 바래다주고 오래."

"인희 가는 날도 기억하고 있었구나. 아무튼 자상해."

큰언니가 한 말은 자상하다는 것뿐이건만 반희에게는 어쩐지 변함없이 자상한 사람을 너무 오래 기다리게 하는 것 아니냐는 투로 들렸다. 화제를 돌리고 싶은 참에 때마침 2층에서 내려온 작은언니가 상다리가 부러지겠다며 놀라는 시늉을 했다.

"너 아침은 잘 안 먹으니까, 이게 영국 가기 전 마지막 아침 식사잖아. 많이 먹어."

큰언니의 말에 작은 언니는 과연 밥의 민족다운 스케일이라며 웃었다. 먼저 잡채를 한 입 맛보더니 박수를 치고는 식탁 모습 전체를 사진으로 담았다.

보름이 어찌나 금세 가는지 모르겠다는 큰언니의 탄

식에 반희도 고개를 끄덕였다. 작은언니를 데리러 가던 길만 하더라도 반희는 여차하면 작은언니를 따라가서 한 달쯤 런던에 머물다 올 수도 있지 않을까 생각했었다. 스물둘에 어학연수를 떠날 때 별다른 고민 없이 언니가 있는 도시를 택했던 것처럼. 비록 그때와는 여러 가지 상황이 다르지만 언니 외에는 자신을 모르는 사람들로 둘러싸인 곳에서 지내다 올 수 있는 기회인 것만큼은 확실했으므로. 그 점을 상의해볼 겨를도 없이 시간이 흘러버렸다고 얘기하자 작은언니가 살짝 미간을 찌푸리며 언뜻 쌀쌀맞은 기색이 스치는 미소를 지었다.

"네가 온다면 막지는 않았겠지만, 와도 나는 큰언니처럼 이렇게 돌봐주지도 놀아주지도 못해. 그건 알고 하는 소리지?"

"내가 놀아주는 게 아니라 반희가 우리 송이랑 엄청 놀아줬는데?" 큰언니가 말리려는 듯 끼어들더니 조카에게 공을 넘겼다. "그치 송이야? 막내 이모가 퍼즐도 해주고 책도 엄청 읽어줬지?"

"아니, 내 말은, 이직한 회사에서 이 동양인 괜히 뽑았다는 소리 안 나오게 하려면 당분간 나도 정신이 하나도 없을 거라는 얘기지. 애당초 반희 너 어학연수 왔던 게 그게 언제 적 얘기니. 거의 10년 전 일인데, 물론 네가 작년이랑 워낙 겪은 일이 많아서 시간이 더 필요한 모양이기는 하지만……. 됐어. 밥이나 먹자고."

뒤에 이어질 말을 겨우 참은 듯 작은언니는 급히 오이냉국을 떠먹었는데 막상 맛을 본 후에는 엄마가 해주었던 맛 그대로라며 그릇째로 들이켰다. 반희도 그제야 수저를 들었다. 입맛이 사라졌으나 이 시점에 끼니를 거른다면 작은언니가 간신히 입 밖에 내지 않은 말을, 작년에 겪은 일 때문에 도대체 언제까지 그렇게 처져 있을 거냐는 말을 하게 될 것 같아서 의지를 발휘해 입안에 든 것들을 씹었다. 다음 순간에는 눈물이 핑 돌았는데 김치 맛을 칭찬하는 작은언니에게 포장을 잘 해줄 테니 싸가지고 가라며 김치냉장고를 뒤지는 큰언니의 모습이 영락없이 돌아가신 엄마를 떠올리게 했기 때문이었다.

엄마는 베푸는 게 취미이자 특기인 분이었다. 손이 큰 것은 말할 것도 없고, 딸들이 집에 친구를 데리고 오면 손에 뭐라도 들려 보내야 직성이 풀리는 듯 보일 지경이었다. 가난한 집의 딸로 태어나 못 먹고 자란 세월의 한이 맺힌 탓에 그렇다는 게 엄마의 변이었다. 그러니 우리 딸들은 빚을 내서라도 원하는 만큼 공부시킬 거라고,

공주처럼 손에 물 한 방울 안 묻히고 키우겠다는 말도 자주 했다. 매번 같은 말을 수없이 반복했기 때문에 마치 스스로에게 주문을 거는 것처럼 보였다. 따라서 반희는 때로 지겨움을 느꼈다. 그럼에도 옛날에는 가난한 집이 워낙 대다수였다고 하니 다른 집 엄마들도 으레 비슷하리라고 여기며 넘기고자 했다. 그렇게 커왔던 반희가 엄마의 마음에 맺혀 있던 한의 실체에 관해 전해 듣게 된 것은 중학생이 되고 난 이후의 일이었다.

별생각 없이 "엄마는 대학 때 전공이 뭐였어?" 하고 물었을 때였다. 엄마는 말문이 막힌 듯 몇 초쯤 입가를 긁적이고만 있더니 밥을 안치러 간다며 자리를 떴다. 큰외삼촌의 학비를 벌기 위해 엄마가 고등학교도 제대로 마치지 못하고 생업 전선에 뛰어들어야 했다는 일은 그로부터 조금 더 시간이 지난 후에 큰언니가 조심스레 전해주었다. 그때 큰언니는 반희의 어깨를 감싸 안으며 말했다. 우리는 앞으로 살면서 누군가 굳이 드러낼 필요가 없는 일에 관해서는 애써 따져 묻지 말고, 괜한 말을 보태지도 않는 사람이 되면 좋겠다고. 그다지 어려운 일도 아니라고 반희는 생각했다. 지각이 있는 사람이라면 누군가 명백하게 곤란하거나 고통스러울 것이 짐작되는 일을 헤집어놓지 않는 것 정도의 배려를 하며 살아간다고 여겼으므로.

그러나 그 같은 믿음은 지난해 음주 운전 차량이 들이받아 난 사고로 하루아침에 엄마를 잃고, 병원으로 옮겨진 아빠도 이튿날 운명을 달리한 시점부터 부서져 내렸다. 발밑이 쑥 꺼진 채로 장례를 치르는 사이에 휴대전화를 잃어버린 게 다행이라고 여길 만큼 반희는 사람들에게 질려버리고 말았다. 조금 더 정확히는 사람들이 쏟아내는 뻔한 말들에.

딸만 셋이라, 이럴 때 맏사위가 있었으면 의지가 됐을 텐데.

게다가 의사였잖아. 큰애가 조금만 참고 버텼더라면…….

상견례까지는 했다니까 이번에 막내가 더 일찍 식을 올렸더라면 막내사위라도 상주로 세웠으련만.

탄식하는 친척 어른들을 반희는 물끄러미 바라보기만 했다. 얘기치 않은 사고로 부모님을 빼앗긴 상황에 저들은 고작 그런 점이 안타까워 마음에 걸리는 것일까. 그래서 누구에게도 털끝만큼의 위로도 되지 않는 말을 뱉고 또 뱉어내는 것일까. 반희는 알 수 없었다.

이해할 수 없는 말들에 둘러싸이는 일은 그로부터 얼마 지나지 않아 다시 이어졌다. 뜻밖에 임신 3개월째에 접어든 상태라는 사실을 알게 되었을 때, 반희는 부모님이 주시고 가신 생명인 모양이며 역시 결혼을 서둘렀으면 좋았으리라는 말을 거듭 듣게 되었다. 그렇게 강조한 이들은 얼마 지나지 않아 아이를 잃게 되자 다시 태도를 바꾸어 상중에 무리해서 유산이 되었을 거라며 혀를 찼다. 그러나 그들은 또한 하나같이 말하기를 괜찮다는 것이었다. 걱정할 것 없다고. 얼른 제대로 식을 올리고서 아이를 다시 가지면 되니까. 그때는 일 같은 것은 전부 그만두고 조심하면 되니까. 반희는 아직 젊으니까.

젊으니까 얼마든지 다시 시도해보라니 마치 가벼운 여행이나 취미 생활을 권하는 투가 아닌가 싶어서 반희는 경악했다. 유산을 하던 새벽에 겪은 것은 몇 시간의 기억이 대부분 뽑혀 나가버릴 정도의 끔찍한 고통이었던 것이다. 전에는 상상조차 해본 적 없는 고통. 몸을 더 구부릴 수도 펼 수도 없는 격심한 통증에 이렇게 죽을 수도 있겠다는 생각을 도저히 떨쳐낼 수 없을 만한 크기의 고통. 휴대전화에 손을 뻗어 전화를 거는 일조차 죽을힘을 다해서 겨우 가능했다. 그렇게 육체적인 고통으로 신음하던 몇 시간 사이에 일어난 일의 세부적인 기억이 뽑혀 나가 움푹 팬 자리는 일찍이 겪어본 적 없는 형태의 상실감에 의해 흐른 눈물로 채워져버렸다.

우연히 찾아온 아이를 겨우 받아들인 후 급작스럽게 잃었을 때는 몸과 마음을 어떤 식으로 추슬러야 하는 것일까. 곁에 엄마가 있었더라면 뭐라고 해주었을까. 반희는 알고 싶었다. 그러나 곁에는 엄마가 없었고, 사람들은 간단한 일인 듯 말했다. 아직 젊으니 다시 가지면 된다고. 다음에는 일을 그만두고 조심하면 된다고. 우선 어서 식부터 올리라고.

중원의 부모님이 제법 비싼 식사를 대접하며 어김없이 그런 말을 늘어놓았던 날, 반희는 두 가지 사실을 분명히 알 수 있었다. 한 가지는 살다 보면 언제든 깊은 구렁텅이에 몸과 마음이 처박힐 수 있다는 것. 다른 하나는 그 안에 처박힌 이에게 주변에서 위로랍시고 전하는 말들은 고작 몇 마디 곡조가 끝없이 재생되는 싸구려 오르골에서 흘러나오는 노랫소리처럼 지긋지긋한 반복에 불과하다는 것이었다. 그러므로 누구도 만날 필요가 없으리라는 비약적인 생각에 잠식되어가는 와중에 예외로 남은 게 큰언니의 존재였다. 부모님의 죽음을 함께 겪고 반희보다 먼저 유산의 경험이 있는 큰언니가 곁에 없었더라면 지금쯤 자신의 상태가 어떠할지 반희는 상상조차 할 수 없었다.

하품을 하는 송이를 데리고 안방에 들어간 큰언니가 거실에 돌아온 것은 한 시간 가까이 지난 후였다. 반희는 오늘따라 유달리 자기 싫다고 떼를 쓰더라며 기진맥진하여 소파에 몸을 기대는 큰언니의 어깨를 주물러주었다.
"우리 언니 힘들어서 어째."
"이겨내야지 뭐. 애는 내가 원해서 세상에 나온 건데."
"아, 난 못해. 그 중압감이 너무 무서워."
작은언니가 말했다. 전 지구적인 환경 재앙과 더 격심해져만 가는 양극화, 그리고 인공지능이 일자리를 앗아가는 양상을 지켜보건대 훗날 자식이 어째서 이런 세상에 자기를 낳았느냐고 물으면 할 말이 없을 것 같아서 엄두가 안 난다고. 고개를 절레절레 젓던 작은언니는 그러나 큰언니가 듣기에 괴로울까 싶었던지 급선회하여 물론 우리 송이는 언니를 닮아 씩씩할 테니 그런 항의를, 아니 투정을 들을 걱정은 안 해도 되리라고 결론지었다. 그러고는 먼저 자러 들어가야겠다며 일어나더니 팔짱을 낀 채 서서 잠시 반희를 내려다보았다.

"한 달은 그렇고 한 열흘쯤 왔다 갈 것 같으면 연락해. 주중에 뭐 할지 잘 정해서. 그럼 뭐 주말에는 내가 좀 놀아줄게."

연거푸 하품을 하던 큰언니도 얼마 지나지 않아서 안방으로 향했으므로 반희도 평소보다 일찍 잠자리에 들었지만 침대에서 휴대전화로 남들의 런던 여행기를 목적 없이 뒤적이며 시간을 죽였다. 런던 여행은 예상보다 비용이 더 들어서 그만 마음을 접어야겠다는 생각을 하고 있는데 유리창 밖으로 번쩍이는 빛이 보이더니 이내 빗소리가 들리기 시작했다. 바람 소리가 을씨년스러웠다. 포털 사이트에서 날씨 뉴스를 클릭하자 일부 지역에 강풍주의보가 내렸다는 소식과 함께 가장자리가 찢긴 채 휘날리는 현수막이 담긴 사진이 눈에 들어왔다. 반희는 잠시 두 눈을 감고 있다가 이내 다시 휴대전화를 들었다.

"아이고, 그래도 이번에는 한 달 지나기 전에 연락을 했네." 단축 번호를 누르기 무섭게 전화를 받은 현이 말했다. "나 지금 뭐 입고 있게?"

반희는 웃음을 터뜨렸다. "유혹이 너무 노골적인 거 아니야?"

"무엄하다. 유혹이라니, 아직도 일터에 있는 사람한테."

"이 시간에? 거기는 비 안 와?"

"와. 예보보다 일찍 와서 밤 신 찍다가 말고 지금 전부 대기 타고 있어."

"뭐 입고?"

"교복."

교복을 다시 입을 일이 있을 줄은 몰랐다며 현은 키득거렸다. 작은 규모의 영화지만 시나리오가 참 좋고, 특히 배역이 매력적이어서 인생 마지막으로 십대 역할을 맡지 않을 수 없었다더니 자기가 맡은 배역이 반희의 어릴 적을 떠올리게 한다고 말했다.

학창 시절을 돌이켜보면 그럭저럭 주변과 원만하게 지낸 게 장점이라고 할 만하다고 반희는 생각했다. 하지만 그뿐, 대체로 별다른 의심 없이 어른들 시키는 대로 움직이고 대세에 따라 지냈을 뿐이므로 현이 맡은 역의 매력이 어떤 것인지 쉬이 연상되지 않았다.

"얘도 보기보다 자기 객관화가 잘 안 되네. 내 친구라는 애들은 왜들 다 이 모양인가 몰라." 현이 어처구니없다는 듯 웃었다. "나중에 영화 개봉하면 직접 확인해. 어렸을 때 네가 어떤 사람으로 보였었는지."

"그럼, 봐야지. 한데 그전에 밀렸던 영화가 먼저지? 〈유령피아노〉 개봉이 언제라고? 다음 달?"

"응. 이제 정말 다음 달이면 개봉이야."

설렘이 묻어나는 현의 대꾸를 들은 반희는 작년 이맘때쯤, 마지막으로 현을 만났을 때를 떠올렸다. 현은 그때에도 복귀작인 영화가 공개되기를 기다리는 중이었으며 지금도 마찬가지였다. 애타게 기다리는 마음이 녹슬지 않은 채 이어지고 있었다. 공개를 그토록 열렬히 기다리게 된다는 것은 하고 싶었던 일을 맡아 자신이 할 수 있는 한 최선을 다했기 때문일 것이다. 반희는 자신 또한 그런 마음을 품어본 적 있었다는 사실은 어렵지 않게 기억할 수 있었다. 그러나 그 기억은 아주 오래전의 일처럼 막연하고 흐릿하게 느껴졌다.

통화를 마친 후에도 줄곧 이어지는 빗소리를 들으며 뒤척이는 동안 반희는 바닷속에 잠겨 있는 듯한 기분을 느꼈다. 어쩌면 자신은 한동안 잔잔한 바다에서 둥실둥실 떠다니는 수초처럼 살아온 것만 같았다. 그렇게밖에는 살아갈 수 밖에 없는 시간을 지나온 것이다. 그러나 작은 언니가 염려하는 것처럼 언제까지나 얕은 물 위를 흘러 다니기만 할 수는 없을 것이다. 그러다 다시 거대한 파도가 연달아 밀어닥치면 감당 못 할 곳까지 떠밀려 날 테니까. 녹슬지 않는 단단한 마음을 나도 다시 품을 수 있을까. 궁금증을 안고 잠든 반희는 이튿날 아침에 일어나 작은언니를 배웅하기 위해 공항으로 향하는 길에도 끈질기게 생각했다. 변하지 않는 마음. 녹슬지 않는 단단한 마음을 다시금 품을 수 있을 만한 일에 관해서.

현

"네, 여러모로 정말 각별한 작품이에요. 저로서는 오랜 기다림 끝에 이렇게 극장 개봉을 통해서 관객 여러분들을 직접 만나 뵐 수 있게 되었다는 측면에서 물론 그렇고요. 영화로 복귀를 하면서 제 본명으로 활동을 시작했기 때문에 어떤 면에서는 제 이름을 찾게 되었다는 느낌도 들어요. 그런 개인적인 이유뿐만 아니라 이 영화를 통해서 저도 전에는 모르고 살던 일들을 접하는 경험이 정말 풍성했어요.

영화 속에서 제가 맡은 배역인 은장이가 〈왼손을 위한 피아노 협주곡〉을 연주했을 때, 다른 등장인물들이 왼손 연주만으로 구성된 협주곡도 있다는 사실을 알고서 놀라는 장면 있잖아요. 그 장면에 담긴 것 같은 신선하고 벅찬 감정을 저 자신도 여러 차례 느낄 수 있었어요. 그간 제가 참 많은 것을 모르고 살았다는 생각도 자주 했고요. 음, 이번 작업 전에는 이를테면 뉴스나 기자회견에서 수어 통역을 보는 일에는 익숙했지만 영화도 음성 해설이 더해지거나 그 내용까지 담은 배리어 프리 자막이 제공되는 방식이 있다는 사실 같은 건 부끄럽지만 여태 잘 몰랐었거든요. 점자 악보의 존재도 마찬가지고요. 세상에 점자책이 있는 것처럼 점자로 된 악보가 있고 그 형태가 점점 입체적인 정보를 담을 수 있도록 발전해가고 있다는 사실도 이 영화를 통해서 처음 알게 됐어요. 그렇게 더 넓은 세상을 접하게 되면서 느끼는 감정은 뭐라고 할까요. 한편으로는 창피한데, 그 창피함 안에 상쾌함이 깃들어 있는 것 같았다고 할까요?

음, 반면에 그간 익숙하고 흔하게 접하던 일들이 굉장히 낯설고 아프게 다가오는 일도 많았던 것 같아요. 이를테면 맹목적이라는 표현 있잖아요. 그게 비하가 아니라 비유로 쓰이는 말이더라도 이제는 써도 되는지 싶고 좀 마음에 걸리더라고요. 길거리에서 고등학생들이랑 스칠 때에는 되게 좀 마음이 복잡해지기도 하구요. 학생들 입에서 추임새처럼 자주 욕설이 나오는 건 사실 뭐

흔한 풍경인데, 이제는 그중에 어떤 특정 단어가 아차 싶은 거죠. 다들 짐작이 되시겠지만 비읍자로 시작하는 두 글자의 그 단어인데요. 네. 짐작이 되시죠? 그 말을 대부분의 사람들이 욕설로 사용하고 있는 점에 대해서 굉장히 복잡한 심경이 되더라고요. 그런데 기자님, 죄송한데 질문이 뭐였죠?"

현의 긴 대답이 사회를 맡은 기자의 질문을 되묻는 것으로 끝나자 관객석 앞자리에서 웃음이 터져 나왔다. 감독은 사회자보다 한발 먼저 입을 열며 과장되게 손사래를 쳤다.

"아니, 배우님 이러시면 곤란해요. 〈유령 피아노〉 작업을 마친 소감을 비읍으로 시작하는 욕 얘기에서 끝내시면 어떡해요."

감독의 과장된 반응에 관객들의 웃음소리는 더 커졌다. 몇 주 전만 하더라도 관객과의 대화 행사를 앞두고 있을 때는 떨려서 식사도 제대로 못 하겠다던 그녀는 어느새 익숙해졌는지 평소의 능청스러운 어투로 영화마다 타고난 운이라는 게 있다면 아마 〈유령 피아노〉의 경우는 상당히 녹록지 않은 운을 가지고 있는 것 같다고 말했다. 관객 여러분과 만나기까지도 알려진 것부터 그렇지 않은 일까지 고난과 시련이 계속됐고, 겨우 다시 편집을 해서 개봉을 했더니 이번에는 천만 관객의 고지를 넘보는 작품이 개봉 시기가 겹쳐서 화제를 독차지하는 상황에 가슴이 미어진다고 전하면서는 눈물을 닦는 시늉도 해 보였다.

"천만 영화와 경쟁하는 중요한 시점에 이 자리에 와 주신 관객분들에게 감독님이 감사 인사 좀 전해주세요."
사회자가 말했다.

"경쟁이라니 당치도 않고요. 더욱이 그 영화 먼저 보시고 온 분도 많으시겠지만……."

감독이 목소리를 가다듬으며 목이 메는 시늉을 한 후 이곳을 찾아주신 여러분이야말로 이 시대의 문화 다양성을 지키는 전사라며 너스레를 떠는 동안 현은 관객석의 모습을 눈에 담았다.

이번 주가 지나면 〈유령 피아노〉는 수도권 대부분의 극장에서 상영을 마칠 것이다. 이변이 없다면 이 자리가 현이 직접 나서는 마지막 관객과의 대화 일정이 될 터였다. 그리고 감독에게 문화 다양성의 전사로 불린 쉰 명 남짓한 인원 중에는 현이 입시를 지도했던 학생 몇 명과 언니네 가족도 있었다.

세 번째 줄에 앉아서 휴대전화 화면에 현의 이름을 띄워서 들고 있는 언니는 사실 평소에는 가족 중 가장 현에 대한 불만이 제일 큰 사람이었다. 현 혼자만 가게 일을 돕는 데 한발 비껴서 있다는 점 때문이었다. 그간 현이 하는 작업에 관심을 보인 적 없었으며 벌이가 되지 않는 일은 취미와 다를 게 없다는 투로 비꼬는 일도 여러 차례였다. 따라서 개봉 날짜가 잡혔을 때도 따로 알리지 않았건만 맨 첫 번째 행사와 마지막인 오늘 모두 다 참석하여 목청껏 환호를 해주었다. 심지어 어젯밤에는 예매 페이지를 확인해보니 아직도 매진이 안 되었더라며 가게를 하루 닫고 알바생들을 모두 데리고 가면 어떨까 진지하게 묻는 통에 말리느라 진땀을 뺐다.

복귀를 응원하고 싶다며 신경을 써주는 언니의 마음은 물론 고마웠으나 흥행이 더 잘 되었더라면 그런 식으로 주변에 신경을 쓰도록 만드는 상황 자체가 벌어지지 않았을 것이라는 점을 상기하게 만들기도 했다. 상쾌함이 깃든 부끄러움이 있다면 얼마간 마음을 칙칙하게 물들이는 고마움도 존재하는 것이다. 진심으로 고마우면서도 어쩔 수 없이 착잡해지는 기분. 일로 인해 그토록 오묘한 결의 감정을 느끼는 것 또한 퍽 오랜만의 일이라는 점을 곱씹으며 뒤척인 결과 간밤에는 거의 잠을 이루지 못했다. 그리하여 수면 부족으로 인한 몽롱함과 관객을 직접 대면하고 있다는 긴장감 속에 현의 입에서는 정말 이렇게 끝이냐는 탄식이 흘러나왔다.

"아쉽네요, 감독님. 무사히 개봉을 한 건 다행이지만 그래도 이제 상영 막바지라는 점이 너무 아쉬워요."

괜한 기대를 하지 않으려 애썼지만 예상보다도 참으로 싱거운 결말이라는 말은 겨우 참았다. 그사이 감독은 연단에서 내려가는 그 순간까지 지지를 호소하는 정치인처럼 아직 상영 일정이 남아 있는 극장의 이름을 전하며 주변에 널리 알려주십사 부탁했다. 주연 배우 역시 맞장구를 치며 환한 미소를 짓고 연신 손가락 하트를 만들어 보였다.

행사를 마무리하며 관객들을 향해 허리 숙여 인사를 하면서 현은 민트색의 구두 앞코에 빗금이 그어진 양 찍힌 자국이 나 있는 것을 보았다. 언제 생긴 자국일까. 밝은색은 생채기를 이토록 쉬이 드러내어 번거롭다는 생각이 스쳤고 코끝이 찡했다. 무채색 옷을 즐겨 입게 된 것은 최근 몇 년 사이에 든 습관이었지만 구두나 운동화는 스스로 자기 물건을 구매하게 된 후 쭉 검은색과 흰

색뿐이었다. 영화 속 캐릭터의 성향에 맞추어 단장할 일이 없었더라면 파스텔톤 슬랙스에 민트색 구두를 받쳐 입을 일은 평생 없었을 것이다. 이후로는 이 구두를 신을 일이 없을 것만 같아 현은 집에 돌아오자마자 구두를 닦아 더스트백 안에 집어넣었다. 그러고는 괜한 미련이라고 여기면서도 그날 밤에 다시 현관에 꺼내놓았다.

그로부터 열흘가량이 지난 어느 날 해 질 녘에 현은 자신이 자칫 다시 집에 틀어박히는 상태로 돌아갈 가능성이 있음을 자각하고 방 청소부터 시작했다. 효율성이라고는 찾아볼 수 없는 방식으로 정리를 하며 추억에 잠기기를 반복하다 저녁때를 놓쳐서 늦은 식사 준비를 하는 차에 연락을 해온 이는 성지였는데 대뜸 살려달라는 말부터 했다. 층간 소음으로 인한 스트레스가 극에 달해서 한동안 잠잠하던 편두통까지 재발했다는 것이었다. 하루이틀쯤 재워주는 것은 별일 아니지만 종국에는 이사를 해야 하지 않겠느냐고 말하며 현은 자기가 사는 원룸의 전세 계약 기간이 올 연말에 만료된다는 사실을 깨달았다. 그 사실은 마치 하나의 계시처럼 느껴졌다.

"어차피 나도 집을 보러 다녀야 되니까 같이 다니자,

언니. 각자 얻어도 되지만 조건이 맞으면 같이 집을 얻을 수도 있잖아."

함께 집을 보러 다니면서 성지는 층간 소음 여부와 채광을 체크하고 현은 건물의 전반적인 정비 상태와 관리비 및 세금을 파악하는 데 집중했다. 점검하는 점이 많은 만큼 합격점을 줄 만한 집을 발견하는 일은 요원했는데, 전반적인 면에서 마음에 드는 집이다 싶으면 두 개의 방이 크기와 구성 면에서 큰 차이를 보이는 통에 아쉬움 속에 포기해야 했다. 방이 두 개인 경우에 대부분은 널찍한 안방과 옷방용으로 보이는 좁은 방으로 나뉘어 있었던 것이다. 혼자 살거나 침실을 함께 쓸 커플이 사는 구성 외에 마음이 맞는 사람끼리 한집에서 사는 일이 여전히 드문 것인지, 혹은 수요에 맞는 공급이 되지 않는 것인지 모를 일이었지만 현은 오기가 생겼다. 이사할 지역의 후보군을 넓히고 성지가 시간이 나지 않을 때는 혼자라도 부동산을 찾았다.

"누가 한 말인지는 까먹었는데 그런 말 들어본 적 있지? 자기 삶을 바꾸려는 사람이 바꿔볼 수 있는 건 결국 하는 일, 만나는 사람, 사는 곳 세 가지라는 말."

현의 질문에 루미가 고개를 끄덕였다. 둘은 루미네 집

근처 편의점의 파라솔 의자에 나란히 앉아 있었다. 현은 생수병에 남은 물을 들이켠 후에 하는 일과 만나는 사람하고는 앞으로도 쭉 갈 테니까 지금 자신이 해볼 수 있는 최선은 사는 곳을 바꾸는 일인 것 같다고 말했다.

"그래서 요즘 최대 관심사가 어느 동네의 어떤 집에서 사느냐 하는 거야."

"어쩐지 카페 갈 돈이 아깝다고 하더라. 이사 비용 모으느라 그랬구나." 루미가 싱긋 웃었다.

"뭐, 날씨도 좋고. 역시 사람은 좀 밖으로 나와야 돼."

"오늘 보니까 우리 동네는 살기 어떤 것 같아?"

"마트도 가깝고 좋은데 아까 본 집은 그새 누가 계약금 걸었대서 주말에 다시 오기로 했어. 부동산 사장님이 할아버지에 가까운 아저씨였거든? 그런데 요즘은 젊은 여자들이 까탈스러워서 신혼부부 보기가 힘들다는 둥, 이러다 나라가 망한다는 둥 피곤한 소리를 해서 또 혼자 가기 짜증나는데 어쨌든 조건에 맞는 데는 잘 찾아주더라고."

"너 혼자 가기 그러면 내가 따라갈까. 주말이라며."

"너무 좋지." 현이 반색하며 루미의 손목을 잡았다. "그러다 또 알아? 네가 먼저 여기다 싶은 집 볼지. 너야

말로 일단 그 집에서 좀 나와야 돼."

 루미는 당장 나올 자신은 없다고 선을 그었지만 일요일 오후에 현을 따라나서서 성지가 주로 체크했던 요소를 점검하는 일을 맡았다. 거기에 욕실의 수압도 체크했으며 양해를 구하고 싱크대 하부장을 열어보았는데 빈 집의 경우는 싱크대 서랍 속도 살폈다. 싱크대라면 어차피 입주 전에 꼼꼼히 청소를 하고 쓸 것이므로 의아했던 현은 세 번째 집을 보고 나와서야 싱크대 안팎에 주의를 기울이는 이유에 관해 알 수 있었다. 루미가 방금 보고 온 집에서 바퀴벌레의 흔적을 발견했다고 일러주었기 때문이었다. 목소리를 낮춰서 속삭였지만 들린 모양인지 공인중개사는 둘의 주의를 돌리려는 듯 다음으로 볼 집이야말로 구조가 두 사람이 살기에 좋고 더 넓기도 하다고 강조했다.

 "신축 건물에 신혼부부가 사는 집이니까 깔끔해. 더 볼 것도 없어."

 과연 그의 말대로 네 번째 집은 주방이 비교적 널찍하고 거실이 환했다. 실내에는 은은한 버터 냄새가 감돌았는데 아내 쪽이 환기를 깜빡했다며 사과하자 남편이 환기는 자기 담당이라며 재빨리 거실 창을 열었다. 미소

짓는 두 사람의 얼굴이 무척 닮아 보여서 현은 행복한 커플은 서로 닮는다는 말을 실감했다. 공인중개사는 행복한 신혼부부의 견본을 본 것 같다는 현의 말에 그러니까 얼마나 보기 좋으냐며 두 사람도 더 늦기 전에 현명한 선택을 해야 한다고 말했다.

그의 말이 이어지자 현은 한숨을 삼켰다. 전에는 꾸준히 볼 사이가 아닌 중장년의 이런 잔소리에 곧잘 하얀 거짓말로 맞섰다. 젊은 여성이므로 마땅히 번식하고 무상으로 돌봄을 제공하라는 요구에는 돌봄을 제공하기는커녕 받아야 할 아픈 몸이라는 거짓말을 흘리는 게 상책이었던 것이다. "아마 잘 못 들어보셨을 텐데, 제가 실은 'Fe 스웨그'라는 자가면역질환이 있어서 나중에는 휠체어 신세를 져야 될 몸이라서요" 하는 식으로 그 순간 떠오르는 외국어에 원소 기호를 섞어 병명을 지어내는 일은 쉬웠고, 희귀병을 앓는다는 말을 꺼내자마자 음소거 버튼을 누른 듯 일거에 입을 다무는 얼굴을 마주하는 상황이 때로는 통쾌하기까지 했다.

그러나 〈유령 피아노〉를 작업한 후에는 실재하는 것이든 그렇지 않든 질병이나 신체적 고통을 거짓으로 꾸며내는 일은 차마 할 수 없게 되었다. 그러니 앞으로는 저런 흰소리를 쏟아내는 입을 마냥 노려보는 일밖에는 할 수 없는 것인가 싶어서 다시금 한숨이 나왔다. 루미의 얼굴은 마냥 평온했으므로 마지막 집을 보고 나와서 현은 비결이라도 있느냐고 물었다.

"소음 공해를 한 귀로 듣고 한 귀로 흘리는 비결 말이야. 나는 그게 진짜 안 되거든."

"그냥 사회성이 낮아서 그런 거 아닐까." 루미가 대꾸했다. "애초에 내가 남들한테 관심이 별로 없잖아."

"사회성은 네가 아니라 친척한테도 듣기 싫은 말을 손님한테 하는 그 사장님이 떨어지는 거지." 현이 루미의 어깨를 짚으며 말했다. "아니 그리고, 애초에 남한테 관심이 없는 사람이 퍽이나 주말에 시간 내서 집 보러 같이 와줬겠다."

"우리 동네니까, 뭐."

"멀어도 와줬잖아. 우리 영화 개봉하자마자 첫날에 본다고 2호선 타고 서울 반 바퀴 돌아서 와줬고."

그 말을 하고 나서 현은 훈을 떠올렸다. 성지가 함께 시간을 맞춰서 영화를 보러 가자고 연락을 했을 때 훈은 카페 알바생이 갑자기 그만둬서 바쁘다고 한 모양이었다. 현이 직접 연락을 하자 심한 감기에 들었다고 했고, 그날 이후로는 한동안 연락이 뜸하더니 이내 현의 연락에도 반응이 없었다. 집 밖으로 끌어내려고 할 때는 언제고 막상 자기가 불러낼 때는 무시하는 이유를 모르겠다고 투덜대자 성지는 입장을 바꾸어 생각해보라고 일렀다. 훈이 자기는 영영 때를 놓쳐버린 것 같은 일을 현은 해냈으니 질투가 나는지도 모르겠다면서. 설마 그럴 리가, 하고 현은 적이 놀랐다. 고작 한 달 남짓 극장에 걸리고 나면 OTT로 직행할 소박한 복귀작이 누군가에게, 그것도 훈에게 그토록 복잡한 심경을 불러일으켰다니.

그러나 그 소박한 목표를 향해 마음을 졸였던 시간을 보낸 이는 다름 아닌 자신이었으므로 이해하지 못할 만한 일은 아니었다. 훈은 마냥 축하해줄 수 없는 자기 모습을 내보이지 않기 위해서 〈유령 피아노〉가 상영하는 동안 아예 현과 대면하지 않는 방향을 택했을 수도 있었다. 곰곰이 생각해보니 얼마든지 그럴 수도 있을 것 같았다.

어찌 보면 루미가 곧잘 자신은 사람들에게 관심이 없다고 강조하고 노후는 인적이 드문 곳에서 보내고 싶다는 투로 말하는 것도 비슷한 감각일는지 모른다고 문득 현은 생각했다. 아버지에게 관심을 기울여야 하는 데 진력이 난 모습을 내보이지 않기 위해 세상 모두에게 관심이 없는 사람으로 남는 방향을 택한 것일지도 모른다고. 정말 그런 것이냐고 물어보면 루미의 얼굴에 떠오를 쥐어짜낸 듯한 미소가 보지 않고도 그려졌으므로 굳이 물어서 확인할 마음은 들지 않았다. 현의 입에서 긴 한숨이 흘러나오자 루미가 무슨 일이냐는 듯 고개를 갸웃했다.

"배고파서 그래." 현이 시치미를 떼며 밝게 물었다. "너희 동네에는 뭐가 맛있니? 그 국숫집?"

루 미

　지하철역 밖으로 나오자마자 매서운 바람이 귓불을 할퀴듯 불어닥쳤다. 약속 장소인 식당은 바로 길 건너에 있었고, 약속 시각까지는 30분가량 남았으므로 루미는 가까운 패스트푸드점 안으로 걸음을 옮겼다. 그곳의 커피는 짙고 탁한 맛이 났지만 적은 비용으로 추위를 피하기에 그만이었다.

　군데군데 부연 얼룩이 진 유리창 밖으로 보이는 이들은 하나 같이 바삐 걸음을 옮겼는데 발등까지 오는 롱패딩으로 중무장한 사람만 예외였다. 길 한가운데 서서 사람들에게 연신 홍보 전단을 내밀고 있는 그녀는 이곳에 들어오기 전에 루미에게도 한 장의 전단지를 건넸다. 코트 주머니에서 전단지를 꺼낸 루미는 빌딩 한 동 전체를 피트니스 센터로 새로 열었다는 홍보 문구 아래 적힌 운동의 목록을 살펴보았다. 그중에는 수영도 있었다.

어떠한 운동을 기준 삼아 사람을 나눈다면 할 수 있는 사람과 없는 사람 두 종류이겠지만 수영은 할 수 없는 사람도 다시 두 종류로 나눌 수 있으리라고 루미는 생각했다. 원하는 주법이나 방향으로 헤엄을 칠 수는 없지만 잠시나마 중력에서 벗어나 물 위에 평온하게 떠 있을 수 있는 사람과 그것마저 불가능한 사람. 자신은 변함없이 후자였다. 기초반 강습을 받아보기도 하고 아쿠아 센터라는 목표를 가까이 느껴보겠다는 구실로 제주도까지 다녀오기도 했으나 물에 대한 공포를 극복할 수는 없었다. 그로 인해 놓친 기회에 관해서 루미는 가만히 되짚어보았다. 당시에 느꼈던 안타까움, 이모에게 실망을 안긴 데 엷은 죄책감마저 들었던 감정이 반년여 만에 희미하게 느껴졌다. 따라서 아쿠아 센터를 향한 마음은 어떻게든 자신을 설득해보려 애쓰던 이모의 간절함에 영향받아 실제 이상으로 부풀려졌던 것인지도 몰랐다. 현이 곧잘 하는 말처럼 어쩌면 나는 나 자신을 제대로 파악하지 못하고 있는 모양이라고 생각하며 루미는 커피가 든 컵을 입에 가져다 댔다. 그 순간 창밖으로 낯익은 사람이 지나간다 싶었는데, 그 멀끔한 사람이 다름 아닌 아빠라는 사실을 깨닫기까지는 1, 2초쯤 더 시간이 걸렸다.

루미가 손을 드는 모습을 보지 못한 채 직진하던 아빠는 전화를 받고서야 걸음을 멈춰 서더니 패스트푸드점 안으로 들어섰다. 이발뿐만 아니라 새치 염색도 한 모습을 보는 것은 몇 년 만이었다. 하물며 아빠의 약속에 초대되어 옆 동네까지 외출을 하다니. 루미는 새삼 꿈속에 있는 것 같은 기분이 들었다.

"아직 시간이 좀 남았죠."

"최 여사가 애들 데리고 미리 와 있다니까 우리도 바로 가자." 아빠가 루미에게 손짓하며 말했다. "미용실 사장님이 너한테 고맙다고 꼭 좀 전하라더라. 네 말 듣고 한 일주일은 약을 자기 전에만 먹었더니 적응이 됐는지 이제는 아침저녁으로 먹어도 울렁거리지도 않고 괜찮대."

"다행이네요."

"처음에는 겁나서 가게도 닫아야겠다 싶었는데 나중에 정말 치매가 와서 못 하게 될 때 닫더라도 일단은 단골 위주로라도 계속해보기로 했다는 거야. 사람이 자기 일을 할 때 정신을 바짝 차리지 않겠냐고 그러는데, 맞는 말이지. 집에만 있으면 아무래도 사람이 멍해질 거 아니냐. 내가 할 소리는 아니다만."

루미는 칼바람에 제대로 대답을 하기조차 버거웠는데 아빠는 활기가 넘쳐 보였다. 반면 루미와 아빠가 식당 안의 개인실로 들어섰을 때 최 여사는 긴장한 빛이 역력했다. 그녀 옆에 앉은 덕이의 오빠는 벌떡 일어나서 부녀를 맞이하며 깍듯하게 인사를 건넸다. 자기 이름을 찬이라고 밝힌 그는 다소 빠른 어투로 파출소 건이 있었을 때부터 인사를 드려야 도리에 맞는 일인데 워낙 출장이 잦은 탓에 연말까지 시간이 늦춰진 게 면목 없다며 고개를 숙였다.

"그렇게까지 인사를 받을 일은 아니련만." 아빠가 너털웃음을 지으며 말했다. "이웃끼리 그저 서로 돕고 사는 거지."

"생부라는 인간이 제가 집을 자주 비운다는 걸 알게 되고부터 자꾸 기웃거려서 한참 속을 끓였던 참에 어르신이 계셔주셔서 얼마나 마음이 놓였는지 몰라요. 거기에다 우리 덕이 휠체어 관리까지 신경 써주셨으니 저희 가족이 얼마나……."

"그거야 남는 장사였죠." 아빠가 찬이의 말허리를 자르며 대꾸했다. "타이어 한 번 갈아드리고 내가 얻어먹은 비빔국수가 몇 그릇인데. 안 그렇습니까 최 여사?"

타이어만 갈아준 게 아니지 않느냐고 덕이가 나서자 최 여사도 맞장구치며 요즘은 덕이의 휠체어가 늘 새것 마냥 말끔하다며 웃었다. 거기에 더해 찬이는 심 선생님의 존재가 없었더라면 지방 발령을 받았을 때 지금 다니는 직장을 포기하게 되었으리라고 말했다. 그 말로 보건대 그가 곧 지방으로 이주해야 하는 모양이라고 루미는 짐작했다. 또한 예의를 차린 태도로 이 같은 대화를 나누는 자리가 마치 상견례 같다고 느꼈다.

물론 아빠에게서 올해가 가기 전에 식사 자리를 마련하고 싶다는 덕이네의 의사를 전해 들은 시점부터 심상치 않다는 느낌을 받기는 했다. 그럼에도 재혼 계획이라도 있으신 거냐는 질문에 펄쩍 뛰며 다만 밥 한 끼를 먹는 것일 뿐이라고 강조하기에 더 물을 수 없었던 것이다. 아마 이 자리에서 다시 물어도 반응은 마찬가지일 테지만, 차분한 분위기의 식당 안에서 평소보다 밝은 필터를 씌운 듯한 차림을 하고 마주 앉은 아빠와 최 여사를 바라보자 루미는 거듭 주사위는 던져졌다는 말을 떠올리게 되었다.

"많이들 드세요." 생선 정식과 각종 해초로 상이 차려진 후 서버가 자리를 뜨자 덕이가 말했다. "오빠랑 열심히 찾은 데지만 사실 맛은 평범할 거예요."

"아니 그럼 왜 여기로 했다니?" 해초쌈을 접시에 덜던 최 여사가 동작을 멈추고 의아한 듯 바라보자 기억이 나지 않느냐며 찬이가 웃었다. "이 근처에 개인실 있고 휠체어 가지고 오기 편한 데가 별로 없잖아요."

"그랬지, 참." 최 여사가 풀어진 얼굴로 웃음 지었다. "요새 이렇게 내가 깜빡깜빡한다니까."

"그럴 때 먹는 뇌 영양제 같은 게 있다던데요. 그냥 영양제 말고 제대로 받아서 처방을 받는 게 있다고요. 푸름아 그렇지?" 아빠가 루미를 바라보며 말을 이었다. "푸름이 네 덕에 미용실 사장님도 치매 전 단계로 그게 뭐냐, 인지 장애인가 그거 발견해서 약 먹는 거잖아."

자기가 한 일이라고는 근처의 치매 안심 센터나 보건소에 가보라고 일러준 것뿐이었으므로 루미는 손사래를 쳤다. 아빠는 우리 딸이 이렇게 겸손하다며 호탕하게 웃고, 음식 맛이 평범하기는커녕 아주 좋지만 뭐니 뭐니 해도 최 여사의 솜씨에는 미치지 못하는 것 같다며 생선살을 발라서 그녀의 그릇에 덜어주었다. 그러자 최 여사는 젓가락질을 멈춘 채 하얀 생선살을 물끄러미 내려다

보더니 이제는 잘 아는 것을 젊었을 때 진작 알았더라면 얼마나 좋았겠느냐면서 쓴웃음을 지었다. 말 한마디를 건네도, 밥 한 끼를 같이 먹어도 그저 다정한 사람이 제일이라는 그녀의 말에 고개를 끄덕이는 찬이와 달리 덕이는 가볍게 얼굴을 찌푸리며 키득거렸다.

"아우, 귀에 못이 박히겠네."

살면서 낯간지럽게 느껴지는 상황에 처해본 적이 별로 없었던 루미는 어떤 말을 보태야 할지 떠오르지 않아서 묵묵히 밥 한술을 떴다. 그러자 아빠가 바른 생선 살이 이번에는 루미의 숟갈 위에 얹어졌다.

"우리 딸도 천천히 많이 먹거라."

루미와 시선이 마주치자 아빠가 그렇게 말하며 미소 지었지만 루미는 따라 웃을 수 없었고, 숟갈을 곧장 입으로 가져갈 수도 없었다. 덕이네를 속이고 있는 것만 같아서였다. 우리 아빠의 원래 모습은 이렇지 않다고, 늘 지금 같은 모습일 거라고 여긴다면 크게 잘못 알고 있는 것이라고 고해야 하는 것일까. 혹은 지금껏 혼자서 져왔던 짐을 떠넘길 수 있는 다시없을 기회로 여기고 아빠의 거짓말에 더 적극적으로 가담해야 하는 것일까. 마음의 갈피를 잡을 수 없었다. 덕이가 쌈채 쪽으로 손을 뻗자 인자하게 웃는 얼굴로 채소가 든 그릇을 당겨주는 아빠의 모습을 보면서 더욱 알 수 없어졌다. 그 미소가 애써 꾸며낸 것으로 보이지는 않았던 것이다. 애초에 아빠에게 여러 사람을 능숙하게 속여 넘길 만한 능력이 있으리라는 가정에도 무리가 있었다. 그보다는 이 순간 아빠가 진정으로 행복감을 느끼고 있다고 여기는 편이, 다만 자신이 아빠가 행복할 때 짓는 표정을 알지 못한 채 지내왔을 뿐이라고 여기는 편이 이치에 맞을 것이다.

화제가 다시 덕이의 휠체어 관리에 대한 공을 치하하는 것으로 흐르자 아빠는 짐짓 겸손하게 손을 저었다. 그 모습에 루미는 몇 달 전에 이모에게 건네받았던 사진을 떠올리게 되었다. 엄마가 탄 휠체어 뒤에 서서 엄마의 손을 꼭 쥐고 있던 아빠의 얼굴. 그때 아빠의 인상도 지금처럼 밝았다는 기억이 났다.

처음 엄마의 가족을 찾아왔던 날, 아빠가 모두의 마음을 사로잡았다던 이모의 이야기도 떠올랐다. 신혼 시절은 말할 것도 없고, 어린 루미와 투병 중이던 엄마를 돌보던 이중고를 지니고 있던 때에도, 다니던 직장을 비롯해 가지고 있던 것을 하나둘씩 포기하게 되었던 때에도 아빠는 언제나 밝고 씩씩한 모습으로 엄마의 마음을 편하게 해주었다고 했다. 당시에 이모가 본 아빠는 아마도 지금과 같이 대화에 적극적으로 참여하고 주변을 살피며 배려하는 모습이었을 것이다. 그러니 아빠가 덕이네 식구들을 속이고 있는 게 아니라고 루미는 되뇌었다. 속이기는커녕 잊고 지내왔던 자기 안의 가장 환하고 힘찬 부분을 오랜 기다림 끝에 다시 꺼내 보일 수 있게 된 것이라고. 씁쓸한 서글픔과 함께 안도의 한숨이 흘러나왔다.

"푸름이는 왜 이렇게 못 먹을까." 아빠가 물었다. "입맛에 안 맞으면 다른 걸 좀 시켜줄까?"

"아니에요. 맛있는데요."

"전부터 생각했는데 푸름이라는 이름이 참 예쁜 것 같아요."

덕이가 칭찬을 건네자 연신 고개를 끄덕이는 아빠의 얼굴에 쓸쓸함이 배어 나왔다.

"그거는 애 엄마가 짓고 간 거야. 내가 처음에 지은 건 이름이 영 구식이었거든. 내가 전에 얘기한 적 있지?" 아빠가 루미의 어깨를 짚으며 물었다.

"처음 듣는 거 같은데요?"

"그랬어? 아이고, 여태 그런 얘기도 빼먹고 미안하다, 푸름아. 내가 어디 미안한 게 그거 하나뿐이겠냐마는.

그 사람 가고 나서 일들 생각하면 참, 나 혼자 이 어린 것을 어찌 키우나 눈앞이 깜깜했는데."

"그 마음 알죠, 제가." 최 여사가 한숨 섞인 어투로 대꾸하며 고개를 주억거렸다.

"네. 덕이랑 찬이도 마찬가지겠지만 얘는 참 속 한 번을 안 썩이고 컸답니다. 못난 애비 때문에 고생만 했는데, 부족함 없이 집에서 다 해주는 애들도 툭하면 엇나간다는 사춘기 때도 애먼 짓 한 번을 안 하고……."

그게 다 언제 적 얘기냐고 루미가 민망해하자 평소에도 따님 자랑을 자주 하신다며 최 여사가 거들었다. "자라면서도 불평 한마디를 안 했다면서요. 세상에 푸름이 같은 효녀가 또 없을 거라고 늘 그러세요."

왜 아니겠냐며 아빠가 인자한 웃음을 지었다. 웃음이 끊임없이 오가는 이 자리에 걸맞은 대답을 루미는 어렵지 않게 그려볼 수 있었다. 효녀라니 아직 멀었다고 대꾸하며 앞으로 더 잘하겠다고 말하고 싹싹한 미소를 더하는 것. 그러면 다시 한번 모두의 얼굴에 웃음이 번지리라고 여기면서도 루미는 그럴 수 없었다. 그런 거짓말까지 할 마음은 들지 않는다는 생각을 하며 자기 앞에 놓인 물 잔을 쏘아보듯 내려다보고만 있던 차였다. 루미는 문득 한 가지 사실을 깨달았다. 지금 이 자리에서라면 아빠가 어떤 이야기도 웃으며 받아들일 수 있으리라는 점을. 그렇다면 자신이 입 밖에 낼 이야기는 따로 있는 것 같았다. 어쩌면 지금밖에는 기회가 없는지도 몰랐다. 테이블 아래에 둔 양손을 꼭 쥔 채로 루미는 자신은 효녀라고 불릴 수 없다고 입을 열었다.

"없기는."

"정말 아니에요. 이제 슬슬 나가 살려고 요새는 집도 보러 다니는데요?" 덤덤한 척했지만 말끝이 떨려서 루미는 물 한 모금을 들이켰다.

"집을 보러 다닌다고?"

아빠의 목소리도 흔들렸다. 얼굴에서는 웃음기가 사라졌는지도 모른다. 약해지면 안 된다고 여기며 루미는 아빠 쪽을 쳐다보지 않고 맞은편에 자리한 최 여사와 덕이의 사이에 시선을 두고 말을 이었다.

"네. 안 그래도 곧 말씀드리려고 했는데, 시간을 두고 봐야 진짜 괜찮은 집을 찾는다고 해서 천천히 보고 있어요. 저, 이런 말 하면 펄쩍 뛰실지 모르지만 저 나가고 나면 두 분도 좀더 편하게……."

"세상에나 이게 무슨 소린가 몰라." 최여사가 황급히

루미의 말허리를 자르며 손사래를 쳤다. "불편할 게 뭐 있다고, 나 그런 거 일절 없어요."

"우리 엄마 얼굴 또 빨개졌네."

아이를 놀리듯 두 손으로 최 여사의 볼을 감싸는 덕이의 익살맞은 동작에 테이블 위에는 다시금 웃음이 번져나갔다. 찬이는 급할 것은 없으며 모든 일을 여유를 가지고 함께 생각해보자고, 기회가 되면 또 이렇게 만나서 이야기를 나누자고 응수했다. 아빠의 입에서도 그게 좋겠다는 대답이 나왔으므로 루미는 비로소 아빠의 얼굴을 바라볼 수 있었다.

"멀리 가는 건 아니지?"

"직장 생각하면 그렇게 멀리는 안 갈 거예요."

아빠는 고개를 주억거리더니 다행이라고 말했다. 그러고는 겨우 쥐어짜낸 듯한 미소를 지었다.

"아저씨, 벌써 언니 보고 싶어서 우시면 안 돼요."

장난스러운 덕이의 어투에 아빠는 울기는 누가 우느냐며 다시 밝은 얼굴로 돌아와 너털웃음을 지었다. 그렇게 겨우 평정을 찾는 듯했던 아빠는 덕이네와 헤어진 후 집에 돌아오자 또다시 기운이 바닥났는지 부엌 식탁 앞에서 양말을 한쪽만 벗고 다른 한쪽을 벗다 만 채 멍한 얼굴로 앉아 있었다. 루미가 부르자 천천히 고개를 돌린 후에는 "당장 나가는 건 아니랬지?" 하고 물었다.

"네."

"그렇게 멀리 가는 것도 아니랬고."

스스로 답하듯 중얼거리는 아빠는 넋이 나간 사람 같았다. 그러나 조만간 덕이네 앞에 서면 다시금 웃음을 되찾을 터였다. 덕이의 휠체어를 닦고, 국수 배달을 하고, 최 여사가 장을 보는데 따라나서기도 할 것이다. 덕이네와 법적인 가족으로 묶이든 그렇지 않든 아빠 곁에 이제는 다른 사람들도 생겼다는 사실에 루미는 깊이 안도했다. 다른 사람들의 존재가 얼마나 밝은 빛을 띠는 것인지, 아무도 없다는 말이 얼마나 눈앞을 캄캄하게 만드는 것인지는 루미 자신이 누구보다 잘 알고 있었으므로.

어린 시절에, 자신을 마주할 때마다 할머니는 말했다. 남은 아무리 살가워 봤자 남일 뿐이니 이제부터 세상천지에 가족이라고는 너와 아빠 둘뿐이라고. 오직 둘뿐이라는 것을 강조하는 그 말은 아빠가 없으면 네 곁에는 아무도 없다는 사실을 각인시켰다. 또한 셋이 되어야 했을 가족을 둘로 만든 자신의 탄생에 죄책감을 가지게 했다. 그 말이 얼마나 싫었는지, 듣기 싫었던 말에 자신이 얼마나 오래 얽매여 있었던지 할머니는 짐작조차 하지 못할 것이다. 자신에게 미칠 영향이 그토록 질기다는 점을 알았더라면 입 밖에 내는 일을 저어했을까. 다만 횟수라도 줄여 주었을까. 루미는 알 수 없었다.

"서서 무슨 생각을 그렇게 하니."

아빠의 질문에 루미는 고개를 저었다. 토로하고 싶은 말을 오늘 전부 쏟아낼 필요는 없으리라는 마음이 들었다. 아빠의 말대로 내일 당장 떨어져 사는 것도 아니고, 아주 멀리 가기로 한 것도 아니므로.

그해 연말 휴가 중 하룻밤은 한옥을 리모델링한 숙소에서 보냈다. 거실과 욕실이 넓고 욕조 옆으로 난 큰 창으로 중정이 보이는 곳이었다. 체크인하는 시각에 맞춰 숙소 앞에서 만난 반희는 숙소 안에 들어서자마자 한 번쯤 한옥에 묵어 보고 싶었다며 환호성을 내질렀다.

"오늘은 우리만 쓰는 거니까 욕조 안에 들어가서 이 문 열 수도 있겠네. 그러면 노천탕 느낌 나겠다." 반희가 말했다.

"응. 여기 사진 보고 바로 예약한 거야."

"나 한옥 숙소 처음 와봐. 이런데 어떻게 찾았어? 아니, 그것보다 빨리 여기 얼마 주고 예약했는지 알려 줘."

반희는 몇 차례나 숙소를 잡은 비용을 나누어 내자며 얼마인지 알려달라고 했지만 루미는 근무하는 병원 원장님에게 소개받은 곳이라는 점만 알렸다. 원장은 올가을에 이 숙소에 묵어 본 후에 지난달에 부모님을 모시고 다녀왔다고 했다. 많이 좋아하셨겠다고 하자 돌아온 대답은 가족 여행은 아무나 기획하는 게 아니더라는 것이었다. 하룻밤 사이에 그토록 다양한 불평불만을 가지기도 힘들 거라며 짓던 질려버린 표정이 눈에 선했지만 루미는 반희 앞에서 아직 누군가의 부모님에 관한 화제를 입에 올릴 수 없었다.

현에게서 반희가 부모님을 급작스레 잃었더라는 소식을 들었을 때, 루미는 한동안 말을 잇지 못했다. 음주 운전 차량으로 인한 교통사고였다는 말을 듣자 눈물이 앞을 가렸다. 자라면서 반희의 어머니에게 받은 도움이 한꺼번에 떠올랐다. 나누어 받은 음식과 걱정 어린 말들에 관해 제대로 감사하는 마음도 전하지 못했다는 사실이, 마지막 인사도 드리지 못한 채 이제는 찾아뵐 기회도 영영 사라졌다는 사실이 마음을 후벼 팠다. 반희가 받은 충격은 어느 정도였을지는 감히 짐작도 가지 않았다. 그리하여 몇 해 만에 직접 만나자 마자 명복을 빈다는 이유로 그 일을 언급하는 게 맞는 것인지조차 혼란스러운 와중에 한 가지 마음을 놓이게 하는 것은 반희가 짐을 푸는 모습이었다. 고작 하룻밤을 지내는 데 작은 트렁크를 가져올 만큼 잔뜩 준비해 올 여유가 있다는 점은 어쨌거나 그사이에 가장 힘든 시기는 지나갔으리라는 점을 시사하는 것만 같았던 것이다.

"이건 연잎차야. 너랑 마시려고 가져왔어." 반희가 지퍼 백에 담아온 찻잎을 흔들며 말했다. "너는 카페인 있는 거 잘 못 마시잖아."

"세상에, 그걸 다 기억하고 있었어?"

"나도 요즘에 카페인 좀 줄여보려던 참이기도 하고. 차부터 한잔 마실래?"

"차도 좋은데 현이 오기 전이라 좀 그렇지만 일단 뭐 좀 간단하게 시켜 먹고 있을까 봐." 루미가 민망한 듯 웃었다.

"배고프구나."

"응. 남들은 서른 넘으면 양이 준다던데, 나는 요즘에 이상하게 식욕이 넘쳐. 점심 먹은 게 그새 다 꺼졌나 봐."

반희는 반색하더니 트렁크에서 김치통으로 쓰일 법한

크기의 밀폐 용기를 꺼냈다. 그 안에 10인분은 되어 보이는 잡채가 들어 있었으므로 루미는 어디에 큰 잔치라도 열렸냐며 폭소했다. 시금치 대신 들어 있는 것은 얇게 채 썬 애호박이었다. 애호박의 연둣빛과 당근의 주황, 계란 지단의 노랑과 하양이 조화를 이뤄 색감이 유독 고와 보인다고 하자 반희는 보기에만 좋지 맛은 부족하다고 말했다.

"양만 많지 또 싱거울 거야. 내가 만들면 꼭 뭔가가 부족해."

맛을 보자 과연 반희의 자평이 틀리지 않았으므로 루미는 양해를 구하고 숙소 안에 배치된 조미료로 간을 맞췄다. 그렇게 손본 잡채를 맛본 반희는 루미의 어깨를 두드리며 감탄을 표했다. 어쩌면 이렇게 한 번에 간을 맞출 수 있느냐는 물음에는 어깨만 으쓱거렸는데 어릴 때부터 해와서 익숙해졌을 뿐이기 때문이었다. 루미는 요리라면 지긋지긋했다. 놀러 가는 길에 다 같이 먹기 위해 대량의 요리를 하는 일 따위는 지금까지도 한 적 없고 앞으로도 없으리라고 확신했다.

"잡채에 애호박 넣어서 하는 게 우리 엄마 레시피거든." 반희가 달군 프라이팬에 잡채를 덜어 넣으며 말했다. "우리 외할머니가 환갑 넘어서부터 이가 약해지셔서 시금치 대용으로."

"시금치나 부추는 씹기에 질기니까 바꾸셨구나." 반희의 어머니다운 배려라고 루미는 생각했다.

"맞아. 그런데 희한한 게, 큰언니는 그냥 기억만으로도 엄마가 해준 그 삼삼한 맛을 내거든. 나는 기억이 안 나서 얼마 전에 큰언니한테 정식으로 배우고 레시피도 써 왔는데 영 그 맛이 안 나. 그냥 싱겁기만 해. 삼삼한 거랑 싱거운 건 다른데 말이야. 기왕 배운 게 아까워서 연습 삼아 몇 번을 만들어봤는데 이제 슬슬 포기하는 단계야. 내가 왜 원래부터 이것저것 벌이는 것만 많지 딱히 잘하는 건 하나도 없었잖아."

"왜 없어." 접시를 가져온 루미가 말했다. "너 수학 잘했잖아! 남들 다 포기하는 수학을."

반희가 웃음을 터뜨리며 루미의 어깨를 밀었다. "세상에, 지금도 생각난다! 수학 선생님이 수학은 사랑이랬는데."

반희가 싸 온 잡채는 원체 푸짐했으므로 작은 프라이팬 한가득 두 번이나 데워 먹고 난 후에도 절반이나 남아 있었다. 사진을 찍어 대화방으로 알리자 저녁 시간에 맞춰 가기 위해 서두르겠다던 현은 루미와 반희가 테이블 세팅을 끝내고 배달 음식이 하나씩 도착한 후에도 기별이 없었다. 8시가 다 되었을 때는 지하철을 반대 방향으로 탔다며 절규하는 메시지를 보내왔다. 결국 밤 9시를 10분 남기고 도착한 현은 9시까지만 쉬게 해달라며 코트만 벗은 채로 침대 위에 뻗었다. 현은 니트 원피스를 입고 있었는데 색감이 오묘했다. 루미는 민트색에 가깝다고 보았지만 반희의 의견은 달랐다.

"민트보다는……. 에메랄드색 같기도 하고, 아! 옥색. 옥색 아니야?"

"현이야, 그만 일어나서 알려줘." 루미가 현의 어깨를 짚으며 말했다. "10분도 지났고, 나 배고파."

"그래. 사람이 현타를 맞았다고 굶으면 안 되겠지."

튀어 오르듯 일어난 현은 웬 잡채가 다 있느냐고 반기면서도 음식은 먹는 둥 마는 둥 하며 오늘 자신이 받은 충격에 대해 털어놓기에 바빴다.

"그러니까 요는 오늘 그 프로젝트도 분명히 처음에 동료가 너한테 같이하자고 했는데, 네가 그때는 거진 흑화됐을 때라서 제대로 고려도 안 해봤다는 거네?" 반희가 정리했다.

"응. 심지어 아, 이런 사람을 두고 긍정충이라고 하는 건가보다, 그러고 있었어. 한심의 끝이지 끝." 현이 식탁 한쪽에 쿵 소리가 나게 이마를 박았다.

"그 정도 가지고 뭐, 나야말로 올해를 그냥 날려버렸잖아. 잡채 하나 배웠는데, 이것도 영 원래 그 맛이 안 나."

반희 너의 경우는 그럴 만도 하지 않느냐고 하기도 난감했던지 현은 순간 입술만 달싹거리더니 이내 고맙다고, 역시 이해해주는 사람은 너뿐이라고 하며 탄산수 캔을 들고 왔다. 루미가 입안에 든 잡채를 씹으며 뭔가 보탤 말이 있지 않을까 하고 궁리하는 사이에 반희가 먼저 말문을 열었다.

"현타 얘기가 나와서 말인데, 현이 네가 옛날에 나한테 그런 적 있어. 나를 싫어하지는 않는데, 나라는 인간의 존재 때문에 속이 쓰릴 때가 있다고."

현은 마시던 탄산수를 뿜을 뻔하다 겨우 참는 대신, 사레들려서 한참이나 기침을 한 후 입을 열었다. "내가 그런 소리를 했다고? 너한테?"

"나도 까먹고 있었는데 작년에 상태 한창 안 좋았을 때 갑자기 생각이 났어. 뭐 그때는 별의별 생각을 다 했으니까."

현은 과거의 자신이 괜한 말을 했다며 어쩔 줄 몰라 했다. 취해서 지껄인 소리가 분명하다며 잊어달라고 두 손을 모아 비는 시늉을 해 보이기도 했다. 반희는 아마 자기도 이런 이야기를 하는 것을 보면 취한 모양이라고 중얼거리더니 이내 도리질 쳤다.
 "실은 별로 안 취했어. 그리고 내가 하고 싶은 말은……. 나도 알게 됐다는 거야. 네가 나 때문에 속이 쓰릴 때가 있다고 했던 그게 무슨 의미로 한 말인지 그때는 잘 몰랐는데 알게 됐어. 어느 순간 너무 잘 알겠더라고."
 반희는 한동안 메신저의 프로필 사진을 본인의 얼굴 대신 자녀의 얼굴로 해둔 사람들을 볼 때마다 현이 말한 것과 엇비슷한 형태의 감정을 느꼈던 모양이었다. 그들의 불행을 바라는 것은 맹세코 아니었지만, 행복한 아이와 아이를 포함한 가족의 모습을 보면 번번이 마음이 가라앉다 못해 고통스러웠던 것이다. 따라서 원래는 자신과 이어져 있던 이들에 의해 이토록 고통을 받고, 자신 역시 그동안 누군가에게 고통을 안겨왔다는 점에 골몰하게 되었다. '필연성'이라는 말이 줄곧 머릿속을 맴돌았다. 과연 자신과 세상이 이어져 있어야 할 필연성이 어디에 있는 것인가 알 수 없게 된 탓이었다. 그러자 대부분의 인간관계 자체에 회의적인 감정이 들더라고 반희는 말했다. 한편으로는 비약적인 사고라고 여기면서도 그 생각을 좀처럼 떨쳐낼 수 없었다고.

"아, 진짜 나 너무 미안해서 위가 다 아프기 시작했어."

눈물이 그렁그렁한 현의 말에 자리에서 일어난 반희가 파우치에 든 비상약을 꺼내 건넸다. 현은 못 말린다면서도 알약을 삼켰고 루미는 문득 아빠를 떠올렸다. 만일 이 자리에 아빠가 있었더라면 세상과의 연결 고리를 놓아버렸던 자기 심정이 바로 그런 것이었다면서 함께 눈물을 쏟을까. 그런 일이 벌어진다면 자신은 과연 아빠를 달래줄 수 있을까. 그럴 마음이 들지 루미는 알 수 없었다.

그 밤에 잠자리에 누워서 반희는 나직한 음성으로 이 말은 반드시 덧붙여야 한다고 말했다. 스스로 판 동굴 안에 있을 때에도 불현듯 다시는 여기서 못 나갈 것만 같은 불안감이 밀어닥치곤 했는데 바로 그런 순간에 현이 연락을 준 적이 있었다는 것이었다. 물론 그때도 곧장 연락을 받지는 못했지만 고마운 마음을 잊지 않고 있다고.

둘은 이후에도 한참을 소곤거리며 대화를 이어갔고 루미는 여태 해본 적 없는 지출을 감행한 게 아깝지 않은 일이었다고 여기며 잠들었다. 다만 그 와중에도 세 명 모두 욕조를 이용하지 않은 일 만큼은 아쉬웠으므로 이튿날 아침에 일어나서는 우선 욕조에 물부터 받았다. 자신의 기척에 깬 듯 현이 뒤척거렸으므로 일어나서 반신욕을 하지 않겠느냐고 묻자 현은 미세한 움직임으로 고개를 저었다. 새벽에 반희와 대화하다가 울기라도 했는지 눈이 통통 부어 있었다. 반희는 숙취를 호소하며 쉰 목소리로 말했다.

"나도 괜찮아. 아, 너 들어가려면 내 파우치 봐봐. 입욕제 가져왔어."

반희가 챙겨 온 입욕제를 넣자 욕조 안의 물이 삽시간에 푸른빛으로 물들었다. 마치 어느 깊은 산속에 자리한 호수의 빛깔 같다고 루미는 생각했다. 한쪽 팔을 담그자 살갗이 따끔거리도록 뜨거웠으므로 욕조에 들어서기 전에 찬물을 조금씩 섞어서 세심하게 온도를 조절했다.

이윽고 훈김이 피어오르는 탕 안에 들어가 두 다리를 곧게 뻗고 앉았을 때, 루미는 자기 몸에 맞추기라도 한 듯 딱 맞는 욕조의 크기에 감탄했다. 한쪽 면에는 엉덩

이와 등이 닿고 반대편에는 발바닥이 닿았던 것이다. 온수에 몸을 담근 채 숨을 깊이 들이쉬었다가 천천히 내쉬자 코끝에 은은한 허브 향이 감돌았다.

욕실 밖에서 반희의 목소리가 들린다 싶더니 이내 문 앞에 섰는지 또렷한 음성으로 "루미야, 아침 먹을 거지?" 하는 질문이 들렸다. 루미는 그렇다고 대답한 뒤에 조금만 더 있다가 나갈 셈이라고 덧붙였다. 이어지는 목소리는 현의 것으로 식사 메뉴를 말하는 것 같았으나 제대로 알아들을 수 없었다. 현의 말에 신경을 집중하자 지난봄에 풀 안에서 다리에 쥐가 나 매달렸던 일이 떠올라 절로 한숨이 새어 나왔지만, 루미는 이내 도리질을 치며 씁쓸한 기억을 밀어내고는 욕조 바닥에 닿아 있는 하반신의 감각에 집중했다.

몸에 꼭 맞는 이 얕은 탕 안에서는 불안하지 않았다. 일말의 불안감도 느껴지지 않았다. 루미는 그 점을 몇 번이고 확인하며 입안에 든 것을 꼭꼭 씹어 삼키듯 음미했다. 그러는 사이 상반신에 조금씩 땀이 나기 시작했다. 뱃속에서는 꼬르륵거리는 소리가 났다. 잠시 후에 아스라이 들려오기 시작한 음악 소리는 아마도 피아노 연주곡 같았는데 그렇다면 현이 고른 곡일 터였다.

그 순간 스친 생각은 물 안에 몸을 담그는 일이 그렇듯 경우에 따라서는 한 집을 공유하는 다른 사람의 기척이 마냥 귀찮지만은 않을 수 있겠다는 것이었다. 거기에 더해 생활 소음이 전혀 없는 공간은 지나치게 적막할 수도 있겠다는, 지금껏 따져볼 기회가 없었던 생각 또한 처음으로 들었다. 그러나 과도하게 낙관적인 예상일 수도 있으므로 판단을 유보하기로 했다. 집을 떠나 어디에서 누구와 살지 가늠해보는 일은 이제부터 차근히 따져 볼 몫이었다. 거기에 드는 시간은 아끼고 싶지 않다고 여기며 루미는 욕조 왼편으로 난 창을 한 뼘쯤 열어보았다.

새소리가 가까이 들렸다가 눈 깜짝할 사이에 희미해졌다. 중정 한 편에 나란히 늘어선 대나무의 길쭉한 이파리가 바람에 흔들리고 있었다. 푸른 잎을 스쳐온 바람이 땀에 젖은 루미의 이마를 가만히 훑고 지나갔다.

작가의 말

 포기하자는 말을 되뇌었던 곳은 숲속이었다. 휴양림 내부의 숙소를 예약했다는 지인의 초대로 하룻밤을 묵고 난 이튿날. 계절은 초여름이었다. 전날 내린 비를 머금고 이른 아침의 햇살을 받아들인 이파리들은 앞다투어 생명의 광채를 내뿜고 있었다. 산책길의 선두에 선 숲해설사는 이곳이 지금도 근사하지만 단풍철이 절경이니 가을에 꼭 다시 와보라고 일렀다. 그리고 나무 그늘 앞에 잠시 멈춰 서더니 이 숲에 내려오는 설화가 있다고 했다.

 이어진 이야기는 은근한 기대감을 가지고 집중한 일이 허무해지는 내용이었다. 축약하면 옛날 옛적에 어떤 여자아이가 갖은 고생을 하며 고통받은 이야기. 불행으로 이어진 내리막길이 끝내 죽음으로 치닫는 이야기였다. 피로감과 원망이 일었으나 대체 왜 이토록 참담한 이야기를 늘어놓느냐고 물을 수는 없는 일이었다. 그가 악의를 가지고 지어낸 것이 아니라 지금껏 입에서 입으로 전해 내려온 이야기를 옮긴 것에 불과했으므로.

맥이 풀린 나머지 먼저 들어가보겠다는 말도 제대로 전하지 않은 채 뒤돌아 숙소로 향했다. 그 길에서 포기하게 되리라는 말을 곱씹은 것이다. 한 번쯤은 옛날부터 전해 내려오는 이야기를 새로 쓰는 일에 매달려보고 싶다는 소망을 가져서 무엇하겠느냐고. 그중에 여성이 주인공이면서 고생과 고통으로 자기 증명을 하지 않는 이야기를 만날 가능성이 얼마나 있겠느냐고. 포기하자고.

그때처럼 쓸쓸한 순간을 몇 차례 더 겪은 후 방치해두었던 소망에 새 빛이 든 순간은 우연히 찾아왔다. 두 해 전에 처음으로 강릉 단오제를 구경하러 갔을 때, 축제가 열리는 남대천변에 도착하자마자 메인 무대에서 때마침 상연 중이었던 음악극과 조우한 것이다.

사전 정보 없이 중간부터 관람한 공연은 제주의 무속 신화 중 한편인 〈가믄장애기〉를 바탕으로 했다. 극이 끝나자마자 찾아본 이야기 전체의 내용은 결코 고생과 고통으로만 점철돼 있지 않았다. 제목이기도 한 주인공 가믄장애기의 모습을 일컫는 말로는 '주체적인 여성 캐릭터'라는 표현조차 모자람이 있었다. 거지 부부 사이에서 태어난 막내딸이지만 실은 운명의 신이라는 정체를 가진 이 인물은 얄팍한 효성 테스트를 통과하지 못했다는 이유로 집에서 쫓겨나서도 기죽지 않고, 반성의 기색 또한 보이지 않는다. 외려 매몰찬 부모와 동조한 언니들에게 저주를 내린다. 언니들은 버섯과 지네로 변하고 부모는 나란히 시력을 잃는 수난을 겪는다.

과감한 전개를 지나 이야기의 결말 부분은 뜻밖에 심청전과 겹쳐진다. 가믄장애기가 연 잔치에서 부모가 시력을 되찾게 되는 것이다. 얼개는 같으나 주인공의 태도에서는 물론 극명한 차이가 난다. 애달프게 아버지를 기다리며 반기던 청이와 달리 가믄장애기는 부모를 발견한 후에도 한동안 알은척을 하지 않으면서 마지막 시련을 준다. 결코 간단히 용서해줄 마음이 없으며 끝내 그들의 버르장머리를 고쳐놓겠다는 듯이.

이토록 다른 두 사람이 함께 시간을 보낼 수 있다면

어떤 일이 일어날까 하는 기대감이 이 소설의 출발점이 되었다. 예상치 못한 만남은 모종의 변화를 이끌어내기도 하므로. 좀더 소박하게 고하면 이렇게 적을 수도 있을 것이다. 줄곧 고생만 하고 자란 갸륵한 아이에게 세상 구경을 시켜주고 싶었다고.

2025년 여름
은모든

세 개의 푸른 돌

ⓒ은모든, 2025

초판 1쇄 발행 2025년 6월 25일
펴낸곳 (주)안온북스
펴낸이 서효인 · 이정미
출판등록 2021년 1월 5일 제2021-000003호
주소 서울시 마포구 월드컵로14길 28 301호
전화 02-6941-1856(7)
홈페이지 www.anonbooks.net
인스타그램 @anonbooks_publishing
디자인 이경란 제작 제이오
ISBN 979-11-92638-66-9(03810)

이 책의 내용을 재사용하려면 반드시 사전에 저작권자와
(주)안온북스의 서면 동의를 받아야 합니다.
인쇄, 제작 및 유통 과정에서의 파본 도서는
구입처에서 교환해드립니다.